Schneewinter

Wolfgang Brammen

Schneewinter
Novelle

Bibliographische Information der Deutschen National-bibliothek:
Die Deutsche Nationalbibliothek verzeichnet diese Publika-tion in der Deutschen Nationalbibliographie; detaillierte bibliographische Daten sind im Internet über http://dnb.d-nb.de abrufbar.

© 2018 Wolfgang Brammen
Zweite, überarbeitete Auflage
(Erstauflage 2002 vom Verlag Videel, Niebüll)
Herstellung und Verlag:
Books on Demand GmbH, Norderstedt
Text in alter Rechtschreibung
ISBN 978-3-8334-5700-5

Wohin gehen wir?
Immer nach Hause.
(Novalis)

.

Für Inge

Als ich nach den ersten Seiten des Manuskriptes aufgeben wollte, bestärkte sie mich darin, diese Geschichte bis zum Ende weiterzuerzählen.

An Wintertagen liefen sie über die verschneiten Wiesen und den zugefrorenen Bach, der manchmal dort, wo er stark schlängelte, eine dunkle Eisfläche freigab. Das Eis war glatt und durchsichtig wie Glas. Darunter breitete sich eine raumlose Schwärze aus, und ein bißchen fürchteten sie sich, obwohl der Bach nicht tief war. Das wußten sie vom Sommer, aber im Winter war es ein anderer Bach.

Unter den Kufen des Schlittens, auf dem sie vorwärts glitten, knisterte das Eis, es warf blitzschnelle Risse, die schneller als die Fahrt des Schlittens vorauseilten. Wenn sie zurückkehrten, stand oft ein dünner Wasserfilm auf dem Eis. An manchen Stellen, die besonders schwarz schienen, hielten sie die Schlitten an und versuchten, in die Tiefe zu schauen.

Der aufkommende Abend machte die Luft noch kälter. Sie fühlten die Kühle nicht. Wenn der Durst sie plagte, leckten sie Schnee von den Handschuhen, der auf der Zunge brannte.

Dann hielten sie inne, heftig atmend, durchwärmt, saßen auf den Schlitten am Rande des Baches, von der beginnenden Dämmerung eingehüllt. Der Schnee lag wie weiße Polster auf der Wiese und dämpfte jeden Laut. Wenn es schneite, fielen die Flocken wie in einem lautlosen Taumel, und an den Wangen spürten sie das leise Netzen, wenn sie in Sekundenschnelle am Gesicht zerschmolzen. Reglos lauschten sie in den Wald, der zu beiden Seiten wie eine schwarze Wand an das

Weiß der Wiese heranreichte. Sie sprachen kaum noch und wenn doch, dann nur wispernd.

Sie rutschte mit ihrem Schlitten näher an seinen heran, so daß ihre Beine sich berührten. Selbst die Tiere, deren Laute sie alle kannten, schwiegen. Sie schreckten auf, wenn ein Rauschen aufkam und einer der Bäume seine Schneelast abschüttelte. Wenn sie flüsterte, schaute sie nach vorne, wandte kaum einmal das Gesicht zu ihm. Von der Seite sah er ihre Wange und die Haare, die aus ihrer Mütze hervorlugten. Manchmal schauderte sie leise, dann schüttelte sie sich wie ein scheuendes Tier, um sogleich wieder ganz still zu sitzen. Dann fühlte er ihre Hand an der seinen. Sie standen auf und zogen die Schlitten hinter sich her, über die Wiese auf den schwarzen Wald zu, dorthin, wo der Weg bergauf zum Dorf anfing. Er ging voraus, und sie blieb hinter ihm in seiner Spur. Wenn er sich umdrehte, hörte er, wie sie angestrengt atmete.

Als der Wald wieder zurückwich und sie das freie Feld erreichten, sahen sie die Lichter der ersten Gehöfte und verlangsamten die Schritte.

Leise näherten sie sich der Stalltür, stießen sie auf und drangen in die feuchte Wärme ein, wo sofort die Köpfe der Kühe herumfuhren und für einen Augenblick mit ihrem mahlenden Kauen innehielten.

Sie tranken Milch aus dem Eimer, der unter dem hölzernen Regal stand, an dem die Melkschürze und der Melkschemel hingen. Die Milch hatte schon Rahm angesetzt und war noch warm.

„Bis morgen", sagte er dann.

„Bis morgen", sagte sie, und er trat aus dem Stall in den Lichtkegel vor der Tür und dann in die Dunkelheit und stapfte den Weg weiter hinauf.

Die Winter dauerten oft lange und hielten wochenlang alles wie unter einem Bann gefangen. Tagelang wurde es nicht richtig hell, von morgens bis abends waren Wiesen und Felder und die Gehöfte in fahles Licht getaucht. Der Schnee fiel unaufhörlich, so dicht oft, daß schon das nächste Haus dem Blick entschwand und die weiße Flur übergangslos mit dem Himmel verschwamm. Eine sonderbare Stille lastete über dem Land und legte sich wie eine betäubende Müdigkeit über die Menschen und die Tiere.

Am Morgen traf er sie an der Weggabelung, wo der talaufwärts führende Fahrweg die schmale Dorfstraße aufnahm. Sie war immer früher als er dort und wartete am Podest für die Milchkannen auf ihn. Nur ihr Gesicht war zu sehen, ein langer Mantel hüllte sie bis zu den Schuhen ein, und ihre Mütze hatte sie tief in die Stirn gezogen. Sie machten sich auf den Weg zur Schule, und obgleich sie ihn so oft gingen, wurde es ihnen niemals eintönig. Wenn der Schnee tief war, versuchte sie meist in seine Fußstapfen zu treten, und er machte kleinere Schritte, damit es ihr gelang. Den größeren Bäumen hatten sie Namen gegeben, auch auffälligen Felssteinen im Weg, doch diese waren nun begraben vom Schnee.

In wenigen Augenblicken lag das Dorf hinter ihnen wie ausgelöscht, der verschneite Weg durch die Felder war kaum auszumachen. Erst als sie die Kammhöhe erreichten und der Wald näher an den Weg heranrückte, warfen die Stämme ganz leichte Schatten, so daß sie wieder mehr erkennen konnten.

Beinahe eine Stunde brauchten sie bis zum Tal, ehe das Schulhaus im anbrechenden Morgenlicht auf dem gegenüberliegenden Hang zu sehen war. Sie trennten sich auf dem Schulhof, und sie ging zu den Mädchen und er zu den Jungen. Im Schulzimmer saß sie weiter vorne als er, auf der linken Seite, wo die Mädchen ihre Plätze hatten. Meist trug sie Zöpfe, die ihre Mutter geflochten hatte, mit kleinen bunten Spangen an den Enden. Wenn sie grübelte, nahm sie oft einen Zopf in die Hand und strich sich mit den Haarspitzen über die Wange. In den Pausen sahen sie sich kaum auf dem Schulhof. Ältere Schüler waren mit Schneeräumen beschäftigt, während die anderen in Gruppen die frei werdenden Hofflächen für ihre Spiele nutzten. Sie stand meist am Rand und schaute den anderen zu oder hob einen Ball auf, um ihn zu den Spielenden zurückzuwerfen.

Beim Heimweg gingen sie langsamer als in der Frühe. Der Weg stieg nun steiler an, und da es den Vormittag über weitergeschneit hatte, sanken sie noch tiefer ein. Von den Spuren am Morgen war kaum noch etwas zu entdecken. An den Biegungen, wo die Bäume weiter auseinander standen, türmte sich der Schnee zu hohen Wächten, in die sie hineinsprangen und oft bis zur Brust versanken. Dort, wo der Weg für eine kurze Weile eben verlief, bogen sie in den Jungwald hinein, in dem die Fichten weniger dicht wuchsen und von der Schneelast niedergedrückt wurden. Wenn der schier grundlose Schnee unter ihnen nachgab und sie hineinfielen, blieben sie für Sekunden liegen und waren eingehüllt von einem pulvrigen Weiß, das ihnen in Augen, Mund und Nase drang. Dann standen sie unvermittelt still, lauschten, die Augen des Mädchens waren weit geöffnet, als ob es Dinge sehe, die es nur ganz alleine wahrnehmen könne. Ihre Wangen waren rosa überflutet, und wenn sie atmete, schwebten kleine weiße Wolken vor ihrem Mund. Die Tornister legten sie nicht ab. Bei manchen Bewegungen hörten sie auf dem Rücken Geräusche der Hefte und Bücher, des Lineals und der anderen Sachen, die sie mit in die Schule nahmen. Der Hang neigte sich erst leicht, dann steil nach unten und fiel in das Seitental hinunter. Wenn sie zu atmen aufhörten, war es vollkommen still.

Erneut begann es zu schneien. Es war, als ob weißer Sand vom Himmel käme, so dicht fiel der Schnee. Er schwebte nicht hernieder, sondern rieselte wie ein dichter Vorhang. Kleine weiße Perlen liefen über ihre Ärmel, blieben nicht haften, verfingen sich nur in ihren Kragen und Mützen. Dann hielt sie inne und wandte sich ihm zu. Sie nahm den Tornister nach vorn, öffnete ihn und nahm ein Stück Brot heraus, biß hinein und brach ein Stück für ihn ab. Schweigend aßen sie, unterbrochen durch den vom Spiel noch keuchenden Atem. Immer wieder horchte sie, drehte den Kopf dabei wie ein witterndes Tier. Er verstummte, suchte ihren Blick und wartete, bis sie ihn wieder anschaute. Dann kämpften sie sich zurück zum Weg und gingen weiter aufwärts, langten auf der Kammhöhe an, von der aus der Weg mit nur wenig steilem Gefälle und einigen Kehren und Windungen in das Dorf hinabführte.

Am Milchkannen-Podest trennten sie sich.

„Bis morgen", sagte sie und wandte sich dem Weg zum Hof ihrer Eltern zu.

„Bis morgen", rief er ihr nach und lief zur anderen Seite durch den hohen Schnee in den Pfad hinein, an dessen Ende sich die dunklen Umrisse seines Elternhauses zeigten.

Es waren nicht mehr viele Tage bis Weihnachten. David mochte diese Zeit, wenn es warm im Haus war, in jedem Raum Lampen oder Kerzen ihr Licht verbreiteten und Tannenzweige mit allerlei bunten Schleifen in Vasen steckten und die Mutter bei allem Tun einen süßen Duft verbreitete. Es behagte ihm, aus dem Schnee heimzukehren in die Wärme des Hauses, nachdem er seine Sachen ausgezogen hatte und auf Strümpfen in die Stube trat. Meist erzählte er rasch von den

Vorkommnissen in der Schule oder von dem Hermelin, das vor ihm über den Weg schnürte, während die Mutter weiter ihren Beschäftigungen nachging und ihm mit seitwärts zugewendetem Gesicht zuhörte. Er stieg hinauf zu seinem Zimmer, das an der rückwärtigen Seite des Hauses lag. Dort schlief er auch. Das Zimmer hatte ein großes Fenster, das für die Abmessungen des Raumes zu groß schien. Aber David liebte dieses Fenster. Seinen Tisch hatte er ganz nahe herangerückt, die Gardinen schob er bis an den äußeren Rand zur Seite. Der Blick ging über den Garten und über die angrenzenden Obstwiesen hinweg zum kleinen Wäldchen in der Senke bis zur gegenüberliegenden Hangseite, wo er oft in der heraufziehenden Dämmerung Wildschweine sah. Nie hatte er sie bei Tag an einer anderen Stelle zu Gesicht bekommen, nur dort auf der anderen Seite des Tales, von seinem Fenster aus. Wenn er in seinen Heften schrieb, zog es seinen Blick wie unter einem geheimnisvollen Antrieb immer wieder nach draußen. Dann ließ er den Federhalter sinken und beobachtete träumend die Wolken und den Wald. Er hörte aus den unteren Räumen die Geräusche der Mutter und wußte sich nicht allein.

Wie so oft, überkam ihn eine merkwürdige Unruhe. Er schob die Hefte weg, sprang auf, lief die Stiege hinab, an der Mutter vorbei, zog hastig seine Sachen an und rannte in den tiefen Schnee hinaus, versank bei jedem Schritt bis über die Schuhe, stapfte den Pfad entlang und dann in den Weg hinein, der zu Elena führte. Die Dämmerung hatte bereits begonnen. Nach der Hälfte des Weges blieb er stehen und stellte sich an einen Baum, der schwarz und mächtig in den Himmel wuchs. Elenas Fenster war dunkel. Nur aus einem Fenster an der Vorderseite des Hauses und aus den Stallungen fiel Licht. Minutenlang stand David still. Es hatte wieder zu schneien begonnen, in unaufhörlicher Flut kamen die Flocken wie ein lautloser Regen aus dem Grau des Himmels, und es schien, als ob sie sich erst ganz nah über seinem Kopf aus den Wolken lösten und auf ihn herabfielen. Unverwandt schaute er zu Elenas Fenster. Ein Lichtschein fiel auf den Schnee vor dem Haus, eine dunkle Gestalt trat aus der Tür und wendete sich in seine Richtung. David drückte sich dicht an den Baum, und sein Herz klopfte erschrocken. Es war Elenas Vater, der um das Haus ging, zu einer der Scheunen, darin verschwand, kurze Zeit später wieder zum Vorschein kam, zum erleuchteten Fenster ging, etwas rief und dann in der Stalltür verschwand. Wieder wurde die Haustür geöffnet, Elenas Mutter trat heraus und ging über den Hof in die offenstehende Scheunentür.

David blickte sich zu den verstreut liegenden Gehöften um, deren Umrisse durch die zunehmende Dämmerung und den Schneefall immer mehr verblaßten. Dann hörte er das Schließen einer Tür, Elenas Mutter kehrte zurück aus der

Scheune und ging in den Stall. David roch die Tiere, roch den Dunghaufen, der an der Stirnseite der Scheune lag, zum Weg hin. Er kannte diesen Geruch, er war ihm vertraut und verkörperte für ihn Tiere und Wärme. Das Licht im Stall wurde dunkler, verlöschte jedoch nicht ganz. David wußte, daß sie nun den Stall verließen und durch eine Tür im Innern wieder das Wohnhaus betraten.

Da leuchtete Elenas Fenster in der dunklen Giebelwand auf, ganz oben, wo die Dachschräge ihren Anfang nahm. David sah die Lampe an der Decke, ihren bunten Schirm, sah die Gardinen und er schaute hinein in den hellen Lichtschein und wartete. Dann veränderte sich die Helligkeit zum Fenster hin, und kurz darauf erschien Elenas Kopf. Sie drückte die Gardinen beiseite, kam mit dem Gesicht ganz nah an die Scheibe und blickte in die Dämmerung hinaus. David glitt unwillkürlich noch weiter in den Schutz des Baumes. Er wußte nicht, ob es Minuten oder Sekunden waren, bis Elena ihren Kopf hob, sich aufrichtete und mit beiden Händen die Vorhänge zuzog und das Licht bis auf ein mattes Schimmern, das durch die Vorhänge drang, gedämpft wurde. David schaute noch eine Weile auf dieses warme Leuchten in der dunklen Wand, dann drehte er sich um und rannte durch den hohen Schnee heimwärts, wobei er versuchte, seine alten Fußabdrücke zu treffen und überlegte, was Elena in diesen Momenten, in denen er zurücklief, tat, was sie dachte, was sie anfaßte, worauf ihre Augen gerichtet waren.

Über Nacht hatte es beharrlich geschneit. Als David am nächsten Morgen das Haus verließ, versank er bis zu den Knien im Schnee, der sich über die ersten Treppenstufen angehäuft hatte. Er drehte sich um und bemerkte die Mutter hinter dem Fenster. Am Ausdruck ihres Gesichtes erkannte er, daß sie sich sorgte. Der Schnee lag besonders hoch, wo er sich gefangen hatte oder angeweht worden war. Schon aus einiger Entfernung nahm er Elenas dunkle Gestalt am Milchkannen-Podest wahr. Er sah nur ihre Augen oberhalb des Tuches, das sie um das Gesicht gelegt hatte.

Schon nach kurzer Strecke atmeten sie heftig, wenn sie immer wieder einsanken, oft bis über die Knie, und ausruhen mußten. Auf einmal griff sie nach seiner Hand. Er half ihr bis zur Kammhöhe hinauf und fühlte den Druck ihrer Hand, die sich fest an der seinen festhielt.

Sie erreichten die Schule erst zum Beginn der zweiten Stunde, doch die Lehrerin schaute eher beiläufig und wies sie mit einer stummen Geste in ihre Bänke. In der Wärme des Raumes spürte David, daß Schnee in seine Schuhe gedrungen war und seine Füße feucht waren. Am Ende sangen sie das Lied von der blauen Blume, das David in seltsamer Weise faszinierte. Oft vergaß er dabei, selbst zu singen, weil ihn der Text und der Klang der Stimmen, vor allem die der Mädchen, sonderbar einnahmen. Dann sah er zu Elena hinüber. Sie wirkte wie abwesend, blickte unverwandt zur Lehrerin, und er hörte ihre Stimme aus allen Stimmen heraus. Bei manchen Stellen des Liedes, das die Lehrerin meist unvermittelt zu singen vorgab, durchzogen hellklingende Stimmenakkorde den Raum, und David vermochte sich nicht zu erklären, wie solche Laute, bei denen immer eine leise Wehmut in ihm erwachte, aus den einzelnen Stimmen entstehen und zu diesen mächtigen Tonreigen anschwellen konnten, die ihn so eigenartig berührten.

Auf dem Rückweg, als sie wieder langsamer gingen und die Fußstapfen vom Morgen noch gut zu erkennen waren, empfand er mit einem Mal, daß Elena ihm etwas sagen wollte. Er blieb stehen und sah sie schweigend an. Sie schob das Tuch, das sie wieder um das Gesicht gelegt hatte, herunter, so daß er ihren Mund sehen konnte.

„Morgen wird geschlachtet", sagte sie. Dann schwieg sie wieder.

David rann ein Schauer über den Körper. Er wußte, was das bedeutete. Einmal hatte er zugesehen, zufällig. Als er plötzlich das hohe Quieken eines Schweines hörte, war er stehengeblieben, dann neugierig nähergekommen. Einer der Bauernsöhne trieb das Schwein aus dem Stall auf den Hof. Dort stand sein älterer Bruder. Auch der Bauer und die Bäuerin waren zugegen und hantierten mit Eimern und Wannen. Dann packte der ältere der Söhne eine Axt, drehte sie herum, während der Bruder das Schwein an einem Strick festzuhalten versuchte. Das Schwein schrie in hohen, gellenden Tönen. Dann schlug der ältere Bruder mit der Axt zu, traf den Schädel des Schweins, jedoch nur auf der einen Kopfhälfte, da es nicht stillhielt. Ein Teil des Kopfes wurde zu einer blutigen Masse, die Schreie des Schweins klangen nun schrill und in einer Höhe, die David wie ein körperlicher Schmerz durchfuhren. Der Mann hob erneut die Axt und schlug wieder auf den Schädel des Schweins, das schrie und wankte, aber nicht fiel. Auf einmal hatte der jüngere Bruder ein langes Messer in der Hand und machte sich über das den Kopf hin- und herwerfende Tier her und stieß ihm die Klinge mit einem einzigen Stich bis an den Griff in den Hals, aus dem sofort ein starker Blutstrom hervorspritzte. Die Bäuerin hatte sich bereitgehalten und schob eine Wanne unter den Hals des Tieres, aus dem das Blut in heftigen Schüben hervorsprudelte.

David stand benommen, taumelte, konnte die Augen weder abwenden noch schließen. Das Schwein fiel nun vornüber, die Schreie waren in ein Röcheln übergegangen, das dann verstummte. Ohne weiteren Laut zuckte der Körper, die Beine strampelten in abrupten Bewegungen. Mit vereinten Handgriffen schoben die Männer den Körper des Schweins mit Kopf und Hals über den Wannenrand, in dem die Bäuerin mit einem großen Holzstab rührte.

David wandte sich um und lief fort, er lief den

Weg hinauf, immer weiter, er rannte auf den Wald zu, der noch weit weg war, lief an der kleinen Bauminsel vorbei, die der Weg von beiden Seiten umgab und in der er einen Lieblingsbaum hatte, lief über die Kammhöhe und rechts am Waldrand weiter bis zum Ginsterfeld und da entlang bis in den Buchenwald hinein und den Hang hinab bis zu der Stelle, wo er durch die Bäume hindurchsehen konnte zum Tal hinunter und wieder aufwärts bis über die gegenüberliegenden Bergkuppen hinweg. Er drehte den Kopf nach allen Seiten und horchte angestrengt nach den Geräuschen des Waldes, die das Schreien des Schweines verstummen lassen sollten. Erst am Nachmittag kehrte er heim ins Dorf und mied den Hof der Schlachtung. Als er einmal vom Weg aus hinblickte, sah er den Schweinekörper wie gekreuzigt an ein Holzgerüst gehängt. Er war in der Mitte aufgeschnitten und hatte eine weißliche Farbe. Der Kopf fehlte.

„Es ist ein Schwein von den Köhlers", fuhr Elena fort, „es wird bei Horstmanns geschlachtet. Das machen sie immer vor Weihnachten. Immer vor Weihnachten."

David schaute auf den Schnee, dann schaute er Elena an.

„Wann treffen wir uns?" fragte er.

„Sie machen's morgen früh, am Vormittag. Um neun am Podest?" fragte sie ihn.

„Um neun", sagte David.

Sie sprachen nun nicht mehr viel. Bisweilen

querten Wildspuren den Weg und sie versuchten herauszufinden, welche Tiere sie gelegt hatten. Seit geraumer Zeit war der Schneefall schwächer geworden und hörte schließlich ganz auf. Es wurde heller, die graue Wolkendecke zeigte vereinzelte Lücken mit dunkelblauen Feldern. Am Milchkannen-Podest trennten sie sich, und als David zu Hause anlangte, war der Vater bereits heimgekehrt.

David erwachte früher als sonst an diesem Morgen. Das Zimmer schien ihm heller zu sein als an den zurückliegenden Tagen, und als er die Vorhänge zur Seite zog, flutete das Weiß des Schnees, über dem sich ein wolkenloser Himmel wölbte, in seine Augen, und auf der Anhöhe auf der anderen Seite der Talsenke lag bereits das Sonnenlicht. Oftmals, wenn er vor sich hinträumte, erkannte David dort in den Feldern und dem Wald oder in einzeln stehenden Bäumen, die er von seinem Fenster aus sehen konnte, Gesichter oder Fabelwesen und geheimnisvolle Burgen und Schlösser.

Als er seine Eltern über die bevorstehende Schlachtung sprechen hörte, beeilte er sich beim Essen, nahm heimlich noch ein Stück vom bereits weggeräumten Brot aus dem Schrank und lief hinaus, als die Uhr auf neun zuging. Schon von weitem sah er Elena am Podest. Sie bewegte sich unruhig hin und her, und als sie ihn bemerkte, winkte sie heftig mit den Armen. Beim Näherkommen hörte er die Rufe ihrer hellen Stimme.

„Komm', komm', schnell, sie beginnen gleich, bitte laß' uns laufen, bitte."

Und dann hörte David diesen einen Laut, hörte das noch verhaltene Quieken des Schweines. Er ergriff Elenas Hand, und sie rannten den Weg hinauf, durch den immer noch hohen Schnee, der anfangs von Fuhrwerksspuren durchzogen war. Er zerrte an Elenas Hand, sie konnte nicht so rasch folgen, doch er riß sie mit sich, so daß sie stürzte. Sie raffte sich hoch, das Gesicht voller Schnee. Er zog sie weiter, und er hörte sie vor Erschöpfung keuchen und auch einen kleinen Laut wie unter Schmerzen.

„Warte", keuchte Elena, „warte."

Er blieb stehen und lauschte mit ihr zum Dorf hinunter.

„Komm', weiter, wir müssen weiter, du hörst es bis hierher, ganz bestimmt hören wir es bis hierher, wir müssen noch weiter fort", rief David und zog wieder an ihrer Hand, und sie lief wieder mit ihm. Sie hielt sich nicht mehr mit ihrer Hand an der seinen fest, sondern David umklammerte nun beim Laufen ihr Handgelenk.

An der Bauminsel verflachte der Weg für eine kurze Strecke. Die kleine Senke, in der die Bäume und das Unterholz wuchsen, schirmte das Gelände gegen die tiefer liegenden Felder und das Dorf ab, von dem keine Dächer mehr zu sehen waren und nur da und dort kleine Rauchsäulen über den Wiesenrand in den Himmel stiegen.

Minutenlang blieben sie außer Atem stehen und konnten nichts sagen. David ließ ihr Handgelenk los, worauf sie die Stelle rieb, wo er sie gefaßt hatte. Wieder lauschten sie, doch außer einem Eichelhäher, der sie mit einem lauten Krächzen empfing und bald darauf davonflog, waren keine Laute zu hören.

Elena hatte eine Tasche umgehängt, die sie nun abnahm und unschlüssig in den Händen hielt. David schaute nach seinem Lieblingsbaum, einer großen Eiche mit weit ausladenden Ästen, auf die er oft hinaufkletterte. Von dort konnte er die Wiesen und Felder überblicken bis zum Dorf hin, und im Sommer war das Laub so dicht, daß er darunter ganz verborgen blieb. Oft lief er alleine hierher an Sommertagen. Wenn Elena mitkam, blieb sie am Fuß des Baumes stehen oder setzte sich ins Gras, blickte zu ihm hoch und las in einem Buch, das sie in ein Tuch eingeschlagen hatte und hervorholte. Durch die Äste konnte David dann ihr helles Gesicht sehen, das sie oft zu ihm nach oben wandte.

Schnee lag nun auf den Ästen, die kalt und abweisend wirkten und ihre wirren Formen über ihnen ausbreiteten.

„Soll ich dir vorlesen?" fragte Elena.

Der Schnee lag hoch zwischen den Stämmen, und nur weiter drinnen, wo sie dichter standen und die Äste zuoberst sich dachartig schichteten, bedeckte der Schnee den Boden nur mit einer dünnen und unregelmäßigen Schicht.

Elena rieb den Schnee von einem Baumstumpf und einem umgestürzten kleinen Baumstamm herunter, während David zwischen den Bäumen durch den Schnee watete, der ihm mitunter bis zu den Hüften reichte. Dann kehrte er um und setzte sich zu Elena gegenüber auf den Baumstamm, die ihn daraufhin ansah.

„Soll ich?" fragte sie; David nickte und Elena begann in ihrem Buch zu lesen. Er betrachtete sie, wie sie das Buch auf ihre Knie legte, den Kopf nach vorne beugte, so daß die Zöpfe vornüber fielen. Mit der einen Hand drückte sie die Buchseiten auseinander, und mit dem Zeigefinger der anderen fuhr sie die Zeilen entlang, die sie las. Er mochte es, wenn sie ihm vorlas und war dabei ganz still, auch wenn seine Gedanken oft davonschweiften. Meist las Elena über Tiere und Blumen und manchmal auch Märchen. Unverhofft schaute sie hin und wieder zu ihm. Dann suchten ihre dunklen Augen sein Gesicht ab und falls das geschah, wenn sein Blick geradewegs aus dem Himmel oder den Baumwipfeln zurückfand, dann grub sich eine kleine Falte über ihrer Nase in die Stirn. Elena las auch oft in der Schule vor, besonders zu feierlichen Anlässen wie am letzten Schultag vor Weihnachten oder am Tag, an dem die Schüler der letzten Klasse entlassen wurden. David dachte daran, ob das Schwein schon tot war. Und er erschrak aufs Neue, wenn er daran dachte, auf welche Weise die Männer es wieder gemacht hatten. Elena erriet seine Gedanken. Sie klappte das Buch zu.

„Ob es vorbei ist?" fragte sie David. Sie schüttelte sich dabei und schien zu frösteln. Inzwischen war es Mittag geworden.

„Ich glaub' schon", antwortete David, „laß' uns wieder hingehen. Wenn wir noch was hören, vielleicht noch ein Schwein, laufen wir wieder weg."

Dort, wo sie sich aufgehalten hatten, war die Kälte kaum gewichen. Als sie aus der kleinen Baumgruppe hinaus ins Freie traten, spürten sie ein wenig die Wärme der Sonne, die an einem wäßrigblauen Himmel stand, der von dünnen Wolkenstreifen überzogen war.

„Es ist Schneeluft", sagte David. Elena reichte ihm das Tuch mit dem Buch. Dann bedeutete sie ihm, daß er sich nicht umdrehen sollte und er wußte, was sie jetzt tat. Er hörte, wie sie sich entfernte und sah geradeaus zum Dorf hin, wo er nun einzelne Dächer wahrnahm und den Rauch, der aus den Kaminen stieg.

Sie erreichten bald die ersten Gehöfte. Als sie am Weg zum Hof der Horstmanns anlangten, schauten sie herüber und erblickten das Holzgerüst, an dem der aufgeschnittene helle Körper des Schweins hing. Große rote Flecken durchzogen den zertretenen Schnee, der zum Stall hin immer dunkler wurde. Aus einer Tür quollen weiße Rauchschwaden. An der Wand bemerkte David den Stil einer Axt und er überlegte, ob sie es mit dieser Axt getan hatten.

„Könntest du das?" fragte Elena plötzlich. Sie

schaute zu ihm, und er sah ihr an und wußte, welche Antwort sie erhoffte.

„Niemals", entfuhr es David, „niemals!"

Die Andeutung eines Lächelns erschien auf Elenas Gesicht.

„Hat dir gefallen, was ich dir vorgelesen habe?" fragte sie, als sie sich am Milchkannen-Podest trennten. David nickte und war froh, daß morgen Sonntag war und noch ein freier Tag. Bis auf die Sonntagsschule vielleicht, aber sie war gar keine richtige Schule und bereitete, wenn er von dem langen Weg dorthin absah, auch keine Schwierigkeiten. Er mußte weder einen Tornister tragen noch vorher etwas lernen oder vorbereiten. Vielleicht trug ihm die Mutter überdies andere Besorgungen auf, so daß der Tag einen völlig anderen Verlauf annehmen konnte.

Die Sonne war durch eine heraufziehende Nebelschicht noch blasser geworden. Eine leichte Düsternis legte sich über die Gehöfte und das Land ringsum. Elena drehte sich noch einmal zu ihm, dann ging sie weiter, ohne den Kopf ein weiteres Mal zu wenden.

David trank ein großes Glas mit heißer Milch, das ihm die Mutter reichte, aß Brot dazu und stürmte dann ums Haus herum in den Schuppen, wo er den Vater wußte, der mit einer Axt Holz spaltete. David versuchte sich auch daran, aber er schlug nicht fest genug und vermochte weder das Holzstück zu spalten noch die Axt wieder von ihm zu befreien.

Dann saß er lange an seinem Fenster und beobachtete die Stelle, wo sich oft die Wildschweine aufhielten, aber es rührte sich nichts auf dem Hang, so angestrengt er auch hinspähte. Bald kam die Dämmerung aus der Talsenke nach oben, und David sprang auf und lief wieder zu dem Baum, wo er wartete, bis in Elenas Zimmer das Licht aufleuchtete.

Schon früh hörte David Geräusche aus dem unteren Teil des Hauses. Eilige Schritte und das Klappern von Töpfen drangen zu ihm. Die Mutter kam die Stiege herauf und zog die Sachen aus den Schränken und Schubladen hervor, die er für den Besuch der Sonntagsschule anziehen sollte. Er hatte eine Abneigung gegen diese feingewirkte Kluft, mochte die gefaltete Hose nicht, verabscheute die Jacke mit den metallenen Knöpfen und auch das helle Hemd mit der roten Schleife um den Hals, die er nicht selbst binden konnte.

Für den Weg brauchte er fast eine Stunde, und bald darauf brach er mit seinem Schlitten auf, den er auf dem Hinweg lange ziehen mußte, bevor er in das hochgelegene Dorf auf halber Höhe des Bergrückens bis zur Sonntagsschule hinunterfahren konnte. Am Milchkannen-Podest zögerte er einen Augenblick und schaute in Elenas Richtung. Dann schlang er das Seil des Schlittens um das Handgelenk und machte sich auf den Weg, der für eine ziemliche Weile derselbe war, der zur

Schule führte. Doch kaum hatte er die letzten Gehöfte hinter sich gelassen und mit dem steileren Anstieg begonnen, hörte er helles Rufen. Als er sich umwandte, sah er, daß Elena ihm folgte. David blieb stehen, um sie herankommen zu lassen. Vornübergebeugt stapfte sie ihm hinterher, das Gesicht nach unten geneigt, ihren Schlitten hinter sich nachziehend. Manchmal glitt sie aus, stürzte oder sank nach vorne auf die Knie. Als sie ihn erreichte, vermochte sie vor Atemnot eine geraume Zeit nicht zu sprechen. Der Saum des Mantels und auch die ganze Vorderseite bis zu ihrem Hals hinauf waren mit Schnee bestäubt. In den stoßweisen Atem mischte sich leises Wehklagen, das David an ihr kannte, wenn sie unter einer Anstrengung litt. Sie hob den Blick zu ihm. Noch immer bebte ihr Körper. Weiße Atemwolken entfuhren in schneller Folge ihrem Mund. Sie trug auch ihre Sonntagstracht, die vorn am Mantelschlitz hervorschaute. Mit einer kaum wahrnehmbaren Bewegung des Kopfes bedeutete sie ihm, daß sie bereit zum Weitergehen war. Ihm kam es vor, als ob sich ein zufriedener Ausdruck über ihr Gesicht ausbreitete.

David drehte sich um und stieg voraus den Weg bergan. Kurz unterhalb des Kammes wendeten sie sich nach rechts in den anfangs mit zahlreichen Biegungen den Wald durchquerenden Weg, der in das Dorf mit der Sonntagsschule führte. Es gab dort aber kein Gebäude, das wie eine Schule aussah, sondern eine Kapelle, in der die Heilige

Messe und Hochämter stattfanden und Taufen und Erntedankfeste und Hochzeiten.

Der Weg zog sich lange dicht unterhalb der Berghöhe hin. Zur einen Seite fiel das offene Gelände zu ihrem Dorf ab, so daß sie von hier alle Häuser erkennen konnten, zur anderen Seite drängte der Wald an den Weg heran. Nirgendwo standen die Stämme dichter als hier. Immer wehte auf diesem Weg der Wind, David konnte sich nicht erinnern, daß es je anders war; er strich oft über die Wiesen und Felder aus dem Tal herauf, und im Winter trieb er Schneestaub vor sich her, der auf den Wangen brannte und die Haut weiß färbte und gefühllos machte.

Nicht weit von diesem Weg gab es den steilsten Hang in der gesamten Umgebung, der sich wie ein Abgrund auftat. Wenn man sich ihm von oben näherte, sah es aus, als ob er ins Bodenlose stürzte. In der Dämmerung oder bei wolkenverhangenem Himmel ging immer etwas Bedrohliches von ihm aus. Der Vater hatte ihm häufig von diesem Hang erzählt und wenn er darüber sprach, schien stets etwas Gefahrvolles in seiner Stimme mitzuschwingen. Dort hinunter waren sie mit den Schlitten gefahren, vom oberen Rand des Abhanges, der sich im Halbrund wie ein riesiges Amphitheater in den Berg geformt hatte und bis zu einem Bach abfiel. Davids Vater hatte davon gesprochen, daß nur die Verwegensten die Fahrt machten und alle Männer und die Jungen aus den umliegenden Dörfern herkamen, obwohl nur we-

nige sich hinabwagten. Er erzählte von den Un-
fällen, die es gegeben hatte, denn unten, dort, wo
die rasende Fahrt am schnellsten war, gab es nur
eine schmale, vereiste Furt durch den im Winter
ausgetrockneten Bach, und rechts und links von
ihr reichten die Bäume und undurchdringliches
Unterholz dicht an sie heran. Wer da hineingeriet,
war verloren und brach sich Arme und Beine oder
kam zu Tode, wie es zweimal geschehen sein
sollte. Doch so genau wußte das niemand mehr.
Davids Vater war auch runtergefahren, aber er
hatte dabei auf dem Schlitten gesessen.

Die ganz Mutigen warfen sich mit dem Schlitten vor der Brust in den Hang. Sie fuhren bäuchlings runter und konnten nur noch mit den Fußspitzen lenken, jedoch nicht mehr bremsen wie
die anderen, die auf dem Schlitten saßen.

Die Kapelle lag oberhalb des Dorfes, wenige
Schritte abseits des Wegs. An ihrer Rückseite
stieß sie an einen düsteren Fichtenwald. Fuhr ein
starker Wind durch die Baumwipfel, hörte man
das Brausen, wenn es im Innern still war, bis in
den Andachtsraum.

Schon von weitem vernahmen sie das helle Geläut der kleinen Glocke, die der schmale und mitten auf das steilabfallende Dach gemauerte Turm
beherbergte. Sie stellten ihre Schlitten zur Seiten-
tür hin und reihten sich ein in den Strom der
Schüler, der sich vor dem Eingangsportal staute.
David kannte fast alle von der Schule. Viele hatten noch weitere Wege zu gehen als Elena und er.

Beim Eintreten verspürten sie eine behagliche Wärme, die vom Geruch nach Kerzenwachs und Fichtennadeln durchdrungen war. David betrachtete die flackernden Kerzen, dann die große Weihnachtskrippe und sah zu Elena hinüber, die in der Gruppe der Mädchen auf der linken Seite des Mittelganges saß.

David mochte die Lieder nicht, die sie singen mußten. Auch das Harmoniumspiel, das sie dabei begleitete, gefiel ihm nicht, weil es ihn an eine Trauerfeier erinnerte, der einzigen, an der er bisher teilnehmen mußte, als eine Schwester des Vaters gestorben war und sie tags darauf in die Stadt reisten, wo sie gewohnt hatte. Er war froh, als der Pfarrer seine Rede beendet hatte und alle wieder nach draußen drängten. Als er aus dem großen Portal hinaustrat, traf er auf zwei Jungen aus dem Nachbarort, mit denen er zu sprechen begann.

Doch schon bald schaute David sich nach Elena um. Erst nach längerem Suchen entdeckte er sie an der Seite der Kapelle, wo sie alleine bei den Schlitten stand. Schweigend machten sie sich auf den Heimweg. Rasch erreichten sie wieder den Höhenweg, auf dem sie die Schlitten durch die Spuren zogen, die sie bei der Hinfahrt hinterlassen hatten. Nach geraumer Zeit blickte David über die baumlose Fläche zur Linken und wußte, daß sie nun auf der Höhe des Abhangs waren.

„Laß' uns zum Steilhang gehen", schlug er vor. Elena folgte ihm, ohne etwas zu sagen. In der

Ferne über das Tal hinweg erkannten sie die Konturen der gegenüberliegenden Bergrücken, die sich in der kalten Luft in klaren Linien abzeichneten. Beim Weitergehen hob sich der Boden vor ihnen leicht. Etwas Unheilvolles schien auf einmal Besitz von allem ringsum ergreifen zu wollen. Unwillkürlich verlangsamten sie die Schritte. Der Rand des Abhanges lag in Sichtweite vor ihnen. Aus der Entfernung sah es aus, als ob das Gelände abbräche und ins Leere fiel oder geradewegs den Himmel berührte. Als es bis zum Rand nur noch wenige Meter waren, hielt David einen Moment inne. Elena war etwas zurückgeblieben, stellte sich nun neben ihn, wobei sie ihn leicht mit der Schulter berührte. Dann ging David bis an den Rand des Hanges und schaute hinunter. Elena trat zu ihm, griff nach seinem Arm, dann zu seiner Hand.

Wie eine riesige weiße Wanne zog der Hang in die Tiefe, weglos, ein einziges weißes Tuch. Unten in der Senke wartete die dunkle Wand der Baumreihen, nur winzig klein durchbrochen von der Furt. Dort mußte man hindurch, nur dort, wer aus der Richtung kam, auf den wartete die dunkle Wand.

„Mein Vater ist hier runter", sagte David, „mit dem Schlitten. Und ein paar andere auch noch."

Elena beugte sich nach vorne und sah vorsichtig hinab.

„Und zwei sollen totgeblieben sein", fuhr David fort, „aber das ist schon lange her. Und ob's wahr ist?"

Elena schwieg eine Zeitlang.

„Willst du auch mal runterfahren", fragte sie dann, „ich meine, irgendwann mal?"

„Ja, vielleicht mal. Oder auch nicht", sagte David, „man braucht einen guten Schlitten dafür", und er spürte sofort, wie ihn Angst überkam.

Als sie wieder auf den Weg gelangten, hatte David noch lange den Anblick des Hanges vor sich und besonders den schmalen Durchlaß inmitten der dunklen Baumreihen. Dort, wo sie wieder auf den Schulweg trafen, war die Neigung steil genug für die Schlitten. Sie fuhren den Weg zum Dorf zurück, vorbei an der Bauminsel, hinter der sie eine kurze Strecke gehen mußten, dann ohne anzuhalten bis unweit der ersten Gehöfte, bei denen der Weg verflachte.

„Fährst du auch runter, wenn ich es tu'?" fragte David.

„Nein", sagte Elena, „niemals" und wandte sich in die Richtung des Wegs, der zum Hof ihrer Eltern führte. David nahm seinen Schlitten hoch, zog ihn bis vor die Brust und warf sich nach kurzem Lauf bäuchlings auf ihn, doch der Fahrweg war dort zu wenig steil und der Schnee zu tief, so daß er nach kurzer Strecke wieder zum Halten kam. Er sprang hoch und rannte den Rest des Wegs hinunter, in den Pfad zum Elternhaus hinein, den Schlitten unter den Arm gepreßt.

Am nächsten Morgen traf er Elena nicht am Milchkannen-Podest. David war unschlüssig, wartete ein paar Minuten, ging dann einige zögerliche Schritte, um erneut wartend zu verharren. Doch Elena kam nicht. Dann wendete er sich zum Gehen, begann langsam, um in immer schnellere Bewegungen zu verfallen. Wenn er alleine ging, beschleunigte er das Tempo. Häufig versuchte er zu laufen, bis ihn die Lunge schmerzte und die Kräfte ihn zu verlassen drohten. Dann setzte er sich Markierungen am Wegesrand, einen Baum, einen Strauch, bis zu denen er durchhalten wollte, um sich dann, wenn er dort angekommen war, neue auszudenken. Ohne Elena war kein Drang in ihm vorhanden, den Weg zu verlassen, um im Wald nach Geheimnissen zu forschen.

In der letzten Stunde setzte die Lehrerin eine Probe für das Weihnachtsspiel an. David gehörte zu den Hirten, hatte nichts weiter zu tun als dazustehen und bei der Verkündigung erschrockene Ausrufe zu machen und furchtsam zu schauen. Bei der Probe trugen sie noch keine Kleidung für die Aufführung. Deshalb wirkte es sonderbar, wenn Maria und Josef und auch die übrigen Mitspielenden in ihrer normalen Bekleidung herumliefen und ihre Texte aufsagten. Ein Christuskind gab es bei der Probe ebenfalls noch nicht, denn die zu diesem Zweck zurechtgelegte Holzpuppe fand sich nicht an.

Als die Probe zu Ende war, trat David rasch den

Heimweg an und stapfte ohne anzuhalten bis auf die Kammhöhe und erreichte schon bald darauf wieder das Dorf. Elena sah er nicht, und auf dem Weg zu ihr, in den er die ersten Schritte bis um die Biegung lenkte, rührte sich nichts.

Als die Mutter bald darauf zu David sagte, daß er zum Einkaufen müsse, weil der Händler mit seinem Wagen des Schnees wegen nicht den Weg hinaufkomme und in den Spitzkehren habe umdrehen müssen, fühlte David ein Wühlen im Magen. Der Weg hin zum Kaufladen auf der anderen Seite des Tales war weit und bot nur wenig Abwechslung. Es gab keinen richtigen Wald, nur Wiesen, nur einen kleinen Bannwald mit wenigen Bäumen, die so offen und weit auseinander standen, daß sich zu ihren Füßen kein Wild verstecken konnte. Außerdem gestaltete sich der Rückweg sehr beschwerlich, weil dann die Tasche bis zum Rand gefüllt und nur mit Mühe auf dem Schlitten zu halten war. Doch das Wühlen im Magen kam von der bohrenden Angst, die David überfiel. Wo der Weg auf den Talgrund traf, lag ein Dorf, in dem die Gärten immer verwildert aussahen. Nur selten hatte er dort Menschen zu Gesicht bekommen, so als ob dort niemand wohnte. Im Sommer lag der Dung von Kühen und Pferden auf den staubigen Wegen bis hin zu den Türen der Häuser, ohne daß sich jemand darum zu kümmern schien. Hinter der Brücke, die einen im Winter zum Rinnsal schrumpfenden Bach überspannte, zog nach einer Gabelung der

Weg in mäßigem Anstieg durch die ersten versprengten Häuser und dann steiler aus dem Tal die Anhöhe aufwärts zu dem kleinen Weiler, in dem der Kaufladen in einer niedrigen, umgebauten Tenne seit langem eingerichtet war. Nur über diesen Weg gelangte man zu ihm, und an einer seiner Biegungen, wo er an die offenen Felder heranreichte, lag ein Gehöft, in dem drei Brüder wohnten. Sie besuchten eine andere Schule als David, doch er wußte nicht, wo diese war und ob sie überhaupt auf eine Schule gingen. Er wußte nur, daß sie böse waren, und über sie erzählte man sich auf Davids Schule flüsternd und ängstlich Geschichten zum Fürchten. Er hatte ihnen nie einen Grund geliefert, ihm nachzustellen, aber er wußte, daß sie jedem auflauerten, den sie auf dem Weg zu sehen bekamen.

„Geh' den Pöhlers aus dem Weg", gab ihm die Mutter mit auf den Weg, „laß' dich nicht mit ihnen ein."

David steckte den langen Zettel in die Tasche, auf dem die Mutter die Einkaufsliste aufgeschrieben hatte und verstaute den Geldschein in seiner Jackentasche.

Der Weg auf der Seite seines Dorfes ins Tal hinab war steil und hatte weiter unterhalb zwei enge Kehren, die sich wie ein S durch die Wiesen schlängelten. Niemand vermochte es, mit dem Schlitten ohne zu bremsen hindurchzufahren, so eng waren die Biegungen und noch dazu mit Stacheldrahtzäunen gesäumt, die jeden zur Vorsicht mahnten.

Beim Hinunterfahren erkannte David bereits das Haus der Pöhlers auf der anderen Seite; er brauchte es nie zu suchen, denn immer, wenn er einen Blick auf das Dorf warf, zog dieses Haus seine Augen wie unter einem Zwang an.

Vor der Brücke hielt David zögernd an, überquerte dann den Bach und blickte sehnsüchtig zum Weiler hinauf, dessen erste Anwesen er schon erkennen konnte. Nach kurzer Strecke sah er den Giebel des Pöhler-Hauses durch Bäume und Sträucher hindurch anwachsen und näherkommen. Als um eine Kurve herum der Weg auf das Haus zuschwenkte, bog David nach rechts in einen schmalen Pfad hinein, der geradeaus durch die Felder steil nach oben zog. Er mied den Blick zur Seite auf das Haus und horchte über seinen Atem hinweg auf ein Geräusch von dort. Am Ende des Pfades, der Schlittenspuren aufwies, stieß David wieder auf den von unten heraufführenden Weg, über den er nach wenigen Minuten vor dem Kaufladen stand.

Den Schlitten stellte er mit den Kufen zur Wand neben die Eingangstür, die beim Öffnen ein melodisches Glockenspiel ertönen ließ. Hinter einem Gewirr von Säulen, Fässern und Regalen mit allerlei Behältnissen vernahm David Geräusche. Im selben Augenblick entdeckte er die Besitzerin, eine rundliche, freundliche Frau, die er von früheren Besuchen gut kannte. Sie umarmte ihn mit ihren bloßen, dicken Armen, wobei sie seinen leichten Widerwillen nicht zu bemerken schien. Dann erwachte eine geschäftige Emsigkeit in ihr, und sie füllte und packte und schnitt unerwartet behende Mehl, Käse und Zucker und Rosinen und alle übrigen Sachen, die auf dem Zettel der Mutter standen.

David liebte es, sich in dem Kaufladen aufzuhalten. Es roch nach Gewürzen, nach Fisch und Lakritze, Brot und Lebkuchen. Er mochte diese Gerüche, die wie betäubende Schwaden im Raum hingen.

Nachdem die Frau alle Sachen beisammen und in der großen Tasche verstaut hatte, reichte er ihr, deren Gesicht gerötet war und das Güte ausstrahlte, den Geldschein, den ihm die Mutter mitgegeben hatte, woraufhin die Frau sich umständlich an der Kassenschublade zu schaffen machte und ihm dann sorgfältig und bedächtig mit hoher Stimme das verbleibende Geld vorzählte, indem sie die Münzen nebeneinander auf das hellgescheuerte Holz des Kassentisches hörbar niederlegte.

Die Frau umarmte David erneut, der bereits die Tasche genommen hatte und dann nach draußen trat. In jenem Moment, als er die Tür hinter sich ins Schloß drückte, kehrte der Gedanke an den Heimweg in ihn zurück. Er erschrak, wie schwer die Tasche wog. Es war inzwischen später Nachmittag geworden, die Sonne stand schon tief. David stellte die Tasche auf den Schlitten, wo sie wenig Halt hatte, so daß er sie mit einer Hand an den Griffen festhalten mußte, während er mit der anderen Hand umständlich den Schlitten am kurzen Seil zog. Am Ausgang des Weilers, als der Weg wieder hinabführte, setzte er sich auf den Schlitten, stellte die Tasche zwischen die Beine und fuhr vorsichtig den Weg hinunter. Auf der gegenüberliegenden Seite erkannte er die engen Kehren des Weges, der zu seinem Dorf hinaufging, und er wünschte sich, schon dort zu sein. An der Stelle, wo der schmale Pfad vom Weg abzweigte, rang David einige Sekunden lang mit sich, doch dann lenkte er den Schlitten nach rechts und blieb auf dem Weg, der am Haus der Pöhlers vorbeiführte. Doch sogleich begann wieder das Wühlen in seinem Magen, und immer noch wollte er anhalten und zum Pfad zurückkehren, aber er fuhr weiter und sah das Haus immer deutlicher auf sich zukommen.

Plötzlich war da eine dunkle Gestalt auf dem Weg, sie war von rechts hineingelaufen, dann noch eine zweite. David durchlief ein Schauer, er fühlte, wie die Furcht in ihm hochkroch. Beim Näherkommen wußte er, daß es die Brüder waren, zwei von ihnen, die älteren. Sie standen mitten auf dem Weg. David machte Anstalten, an ihnen vorbeizulenken, doch sie stürzten genau dorthin und David hielt an und blieb auf dem Schlitten sitzen. Die beiden Brüder sagten nichts, sie lächelten und es war ein böses Lächeln, und sie gingen langsam um David herum im Kreis. David blieb immer noch sitzen und sagte:

„Laßt mich durch, ich muß heim."

Sie sagten immer noch nichts, gingen immer noch um ihn herum. David schluckte.

„Hast du gehört? Er muß heim", höhnte nun der Kleinere von ihnen, „er muß heim, zur Mammi."

Der Größere lachte, es war ein lauerndes Lachen.

David erhob sich vom Schlitten. Da stieß der Kleinere die Tasche vom Schlitten, und ihr Inhalt ergoß sich in den Schnee. David empfand eine ohnmächtige Verzweiflung. Er sah die beiden an, forschte in ihren Blicken, forschte in ihnen nach etwas, das ihm sagte, daß alles nur Spaß sei, alles nicht so schlimm sei. Doch ihm wurde bewußt, daß diese Augen nur böse schauen konnten. Er bückte sich und fing an, die eingekauften Sachen wieder zurück in die Tasche zu legen. Einige Tüten waren aufgeplatzt, Mehl rieselte heraus und Zucker, ein paar Äpfel waren zur Seite gerollt. Der Kleinere hatte einen Apfel aufgefangen und begann ihn zu essen. David suchte weiter die verstreuten Sachen zusammen. Da trat der Größere gegen eine der Tüten, die nicht geplatzt war, und er trat in Davids Richtung. Es war eine Mehltüte, die nun zerbarst; sie flog vom Schuh auf David zu, der gebückt am Boden hockte, und traf ihn am Kopf. Er spürte einen kurzen Schlag und dann das Rieseln des Mehls über seinen Kopf und sein Gesicht. David überlegte, wie er der Mutter erklären sollte, was jetzt mit seinen, mit ihren Sachen geschah, wie er alles heimbringen sollte, was jetzt hier auf dem Boden, im Schnee lag. Er hörte das

Gelächter der Brüder, die nun damit begannen, nach allem zu treten, was noch umher lag. Er hielt die Tasche fest an sich gezogen und versuchte, so viel wie möglich einzusammeln. Einer der Tritte traf seine Hand, ein zweiter seinen Ellenbogen. Wie nach einer nachlassenden Betäubung fühlte David alsbald einen stechenden Schmerz. Der kleinere der Brüder nahm Davids Schlitten und warf ihn auf den Weg und gab ihm einen Stoß, so daß er talwärts zu gleiten anfing. David merkte, wie Tränen in seine Augen drängten. Dann vernahm er helles Schreien:

„Hört auf, er hat euch nichts getan."

Die Schreie überschlugen sich, klangen voller Angst. David erkannte Elenas Stimme. Sie stand auf dem Weg, hatte das Band seines Schlittens in den Händen.

„Wen haben wir denn da?" hörte er die verschlagene Stimme eines der Brüder. David richtete sich auf und rannte den Weg hinunter. Er rannte und drehte nach wenigen Metern um, glitt aus, fiel auf den Weg, hörte das höhnische Gelächter der Brüder, lief zurück, auf den größeren zu, lief in die Faust hinein, die dieser ihm entgegenstieß. Er spürte den Hieb im Gesicht, spürte, wie es warm über seinen Mund lief, spürte einen weiteren Schlag, schlug selbst, mit beiden Fäusten, und er schrie dabei und schlug und trat und erhielt einen neuerlichen Schlag ins Gesicht und spürte, wie er fiel, spürte Schnee im Gesicht, spürte einen Schmerz im Bauch, dann in der Seite, dann am Kopf, hörte Schreien, helles und durchdringendes Schreien, sah auf, sah wie durch Schleier, daß der Jüngere Elena an der Schulter gepackt hielt und dann hörte er laute Stimmen, eine Männerstimme, und dann war es auf einmal ganz still.

David schaute hoch, sah Elena, die seitlich stand, sah, daß sie weinte. Der Weg war leer, nur Elena stand dort. David blickte zum Pöhler-Haus, vernahm von dorther wieder Stimmen. Er stand auf. Mit linkischen Bewegungen bemühte er sich, Schmutz und Schnee von seiner Hose und der Jacke abzureiben. Elena hörte ihn dabei stöhnen vor Schmerz. Ihre Augen trafen sich zu einer kurzen stummen Zwiesprache. David bemerkte, wie sie sein Gesicht absuchte.

„Warum, warum tun sie das?" fragte Elena, „warum?"

David antwortete nicht und mühte sich, die restlichen Sachen aufzusammeln und in die Tasche zu legen. Elena ging auf die Knie und half ihm, dabei hörte er ihr verhaltenes Schluchzen. Der Weg war übersät mit den zertretenen Packungen und umhergerollten Dosen und Gläsern. David ließ alles liegen, was nicht unversehrt geblieben war. Elena untersuchte einige Tüten, ob sie nicht doch noch zu gebrauchen waren, doch David schüttelte den Kopf, worauf Elena sie in den Schnee zurücklegte. David schaute nicht ein einziges Mal mehr zum Pöhler-Haus, als sie ihren Weg fortsetzten. Erst unten an der tiefsten Stelle des Weges, dort, wo er die Talstraße querte und der steile Anstieg zu ihrem Dorf hinaufführte, begann David sich erneut, diesmal gründlicher, zu säubern. Auf dem Weg bergab hatte er gespürt, wie ihm Blut über den Mund und das Kinn rann und es nicht beachtet, obwohl Elena ihn mehrmals von der Seite betrachtete. Er wischte sich mit Schnee ab, der in seinen Hemdkragen rutschte und ihm Brennen verursachte und nahm dann sein Taschentuch, das sich rot verfärbte. Elena kam zu ihm, stellte sich schweigend vor ihn hin und rieb sein Gesicht ab mit einem kleinen Tuch, das sie aus ihrem Mantel hervorholte, zog ihm den Hemdkragen zurecht und ordnete seine Jacke. Dann stäubte sie seine Haare und seine Jacke, so gut sie konnte, von Mehl und Zucker ab. David hielt still, nur hin und wieder, wenn sie eine wunde Stelle berührte, zuckte er zusammen. Manchmal traf er ihren Blick, und er bemerkte erst jetzt, wie erhitzt sein Gesicht war.

„Hat er dir weh getan?" fragte er.

Elena schüttelte den Kopf.

„Nein, ich habe nichts gefühlt, es war nichts, gar nichts."

Den Weg aufwärts zog David den Schlitten, Elena ging neben ihm und hielt die Tasche an den Griffen fest. Sie schwiegen nun, bis sie im Dorf anlangten, doch ein ums andere Mal schaute Elena mit einer kurzen Wendung ihres Gesichts zu ihm hinüber. Die Sonne hatte inzwischen den Horizont erreicht, ein letztes helles Glühen fiel über die Anhöhe und blendete ihre Augen. Für eine kurze Zeit standen sie still, bevor Elena geradeaus weitergehen und David hinunter zum Elternhaus abbiegen wollte.

„Warum haben sie das getan?" fragte sie abermals und hob die Hand, als ob sie David berühren wollte, zog sie jedoch wieder zurück.

„Nicht schlimm", sagte David, wandte sich um und ging und als er sich noch einmal umdrehte, sah er, daß Elena ihm nachschaute.

Als er in die Stube trat, stieß die Mutter einen entsetzten Schreckenslaut aus. Sogleich begann sie, Davids Gesicht, das dieser vergeblich wegzudrehen sich bemühte, zu untersuchen und verfiel dabei in lautes Klagen über die abhandengekommenen Sachen. Dann strich sie Salben auf die geschundenen, geröteten Stellen und versah ihn anschließend mit Pflastern.

Es war bereits dunkel, als Davids Vater heimkam. Er hörte sich schweigend die aufgeregten Schilderungen der Mutter an. Dann befragte er David über das Vorgefallene. Sodann beschloß er, am nächsten Tag die Pöhlers in ihrem Haus aufzusuchen.

David trug zwei Pflaster an der rechten Stirnseite und eines unterhalb des rechten Wangenknochens. Unter dem linken Auge hatte sich die Haut leicht verfärbt. Elena musterte ihn schweigend, als er in der Frühe des nächsten Tages am Milchkannen-Podest erschien. Sie sprachen nicht über das, was gestern geschehen war.

In der Schule mußte David viele neugierige Fragen über sich ergehen lassen, manche kamen herbeigelaufen, um ihn von nahem anzuschauen und ihn forschend zu umkreisen. Er hörte Flüstern, fast immer klang es besorgt, nur selten mit Häme oder Spott vermischt. Auch die Lehrerin erkundigte sich bald nach den Ursachen für seinen Anblick. David log, daß er zu Hause auf der Stiege erst ausgeglitten, dann gestürzt und gegen die halbgeöffnete Tür geprallt sei. Als er das sagte, mied er Elenas Blick. Er spürte Schmerzen in den Rippen, wenn er einatmete. Den Kopf konnte er nur mit Mühe zur Seite wenden. Auch die Hand, wo ihn der Fußtritt getroffen hatte, tat ihm weh. Den Rest des Diktats schrieb er nicht mit, weil er den Stift der Tintenfeder nicht mehr zwischen den Fingern festhalten konnte.

Am Ende der letzten Stunde probten sie ein weiteres Mal das Weihnachtsspiel. Elena stellte einen Engel dar, der in der Nähe der Krippe stand, und sie hatte mehrere Texte aufzusagen, bei denen sie nur einmal stockte und die Lehrerin weiterhelfen mußte. David nahm seinen Hirtenstab in die linke Hand, weil er die rechte wegen des Fußtritts nur mit Schmerzen bewegen konnte.

Ebenso schweigsam wie am Morgen begannen sie den Heimweg. Ihre Fußspuren von den Vortagen bedeckten den Weg, denn es hatte einige Zeit lang nicht mehr geschneit. Sie versuchten, durch noch unberührten Schnee zu gehen, damit neue Abdrücke entstanden, die sie oft rückwärtsblikkend betrachteten. David machte es voller Eifer, während Elena nach kurzer Zeit ermüdete und ihm, ohne Abschweifungen bis an den Wegesrand oder zur Böschung hinauf zu unternehmen, in der Mitte des Weges folgte.

Am Nachmittag kam Davids Vater früher als sonst heim. Er nahm rasch seine Mahlzeit ein und beschied David dann, daß er nun gemeinsam mit ihm die Pöhlers aufsuchen wollte. Kurz darauf brachen sie auf. Des Vaters Anwesenheit milderte das Wühlen in Davids Magen, das sich beim Gedanken an die Pöhlers wieder eingestellt hatte. Der Vater ging mit ausgreifenden Schritten, so daß David sich mühen mußte, um nicht zurückzubleiben. Als das Haus der Pöhlers vor ihnen immer größer in die Höhe wuchs, kam Übelkeit in David hoch, doch er schluckte und bemühte sich, dem Vater seine Angst nicht zu zeigen. Auf dem Weg vorm Haus leuchteten im Schnee allerlei Verfärbungen, die von den geplatzten Tüten und ausgelaufenen Dosen und Gläsern herrührten. Wasser war wohl über die bunten Stellen geschüttet worden, auch Pferdedung lag verstreut darauf, vermochte die Spuren jedoch nicht vollends zu verdecken.

Der Vater blickte sich suchend um und betrat dann den kurzen Weg, der zur vorderen Tür des Hauses, die einen wenig benutzten Eindruck machte, und an der Stirnseite vorbei zum Hof auf der Rückseite des unverputzten Hauses führte. Als sie die unbefriedete und zerfurchte Fläche erreichten, war niemand zu sehen. Alle Türen schienen seit langem verschlossen. Der Hof wirkte schmutzig und ungepflegt. Verwildertes Gartenland, das trotz der Schneedecke einen modrigen Geruch verströmte, grenzte an das Anwesen. Aus einem verfallenen Holzschuppen drang das Geräusch von Hühnern. Davids Herz schlug so stark, daß er das Pochen zu hören glaubte.

Der Vater klopfte an eine der Türen, und als sich nichts regte, ein zweites Mal. David schaute zu den Fenstern neben der Tür bis zum Dach hinauf. Ihm war, als ob er in den oberen Fenstern eine Bewegung beobachtet hatte und flüsterte es dem Vater zu, der sich nicht umdrehte, sondern der Tür zugewandt blieb. Da tauchten zwei Köpfe an einem der Fenster auf, die sich vor den Gardinen zeigten. David erkannte die beiden Brüder sofort, die zu ihnen hinuntergrinsten und Unhörbares sagten und ebenso unhörbar lachten. Bevor der Vater ein weiteres Mal klopfen konnte, öffnete sich die Tür. Ein untersetzter Mann erschien und lehnte sich mit den Schultern an den Türpfosten. Während der Vater mit dem Mann sprach, sah David wieder zu den oberen Fenstern. Die Köpfe waren verschwunden, doch er hörte Geräusche im Haus und kurz darauf erspähte er die beiden Brüder hinter dem Rücken des Mannes, der inzwischen die Arme verschränkt vor die Brust gelegt hatte. Nun erst wurde David bewußt, was der Mann dem Vater sagte und vernahm von ihm, daß seine Söhne dafür nicht in Frage kämen und den ganzen gestrigen Tag das Haus nicht verlassen hätten, was er bezeugen könnte, weil es die Wahrheit sei. Die Flecken im Schnee wisse er nicht zu erklären. Wahrscheinlich, wenn überhaupt, sei er, David, mit dem Schlitten beim ungestümen Fahren gestürzt und versuche jetzt, seine Söhne zu beschuldigen. Nun drängten die Brüder neben dem Mann in die Tür. David schaute zu ihnen. Er sah ihre verzogenen Münder, ihre Augen und wußte, daß sie feindselig bleiben würden für immer und der Gedanke daran verzweifelte ihn. Der Vater bedeutete ihm mit ruhiger Stimme, daß er bereits vorgehen sollte. David verließ den Hof und ging zum Weg zurück. Er blickte nicht mehr zu den Brüdern hin, hörte nur ihr böses, schmähendes Lachen. Bald darauf folgte ihm der Vater. Schweigsam gingen sie hinunter bis zur Brücke. Der Vater blieb kurz stehen, wobei er wortlos eine Hand auf das Geländer legte, an der im selben Augenblick die Adern wie unter einer großen Anstrengung hervorsprangen.

Am darauffolgenden Tag kam David ohne Pflaster zum Milchkannen-Podest. Elena musterte ihn schweigend und fragte dann, ob er noch Schmerzen habe, worauf David den Kopf schüttelte. Der Tag schien kälter zu werden.

„Laß' uns die Schlitten mitnehmen", schlug David vor.

„Aber der Rückweg ist so lang, bis ganz nach oben, und bis dort müssen wir nur ziehen", erwiderte Elena.

„Wir lassen die Schlitten oben stehen und fahren dann auf dem Rückweg runter bis hierher", schlug David weiter vor.

Elena willigte ein und sie trennten sich, um rasch die Schlitten zu holen.

David besaß einen Schlitten, der nur dünne Eisenrohre als Kufen hatte, während die Kufen der anderen Schlitten aus Holz bestanden, auf denen die metallenen Gleitschienen angeschraubt waren. Davids Großvater hatte diesen Schlitten für ihn gebaut, er verstand sich auf solche Arbeiten und war in einer Fabrik angestellt, die Dampflokomotiven herstellte und noch andere große Maschinen. War der Schnee sehr tief, sank David zu Beginn bei langsamer Fahrt mehr ein als die anderen mit ihren Schlitten. Doch wenn die Fahrt in steilerem Gelände zügiger wurde, hoben sich die Rohrkufen aus dem Schnee nach oben, und der Schlitten wurde schneller und schneller. Auf hartem Schnee konnte kein anderer Schlitten mithalten. Vor allem dann nicht, wenn David sich mit der Brust aus vollem Lauf auf den Schlitten warf, dessen breitflächige Sitzlatten der Großvater mit einer leichten Wölbung für seinen Körper versehen hatte, geradeso, als ob er schon immer gewußt habe, daß David zumeist mit dem Kopf voran auf ihm liegen werde. Der Schlitten wirkte gedrungener als die anderen, die Kufen standen weit auseinander und schienen nach außen zu drücken. Er wirkte fast zierlich und zerbrechlich,

doch wenn David auf ihm lag, nur den Kopf an-
hob und die Hände links und rechts um die dünne
kleine Eisenstange legte, an der das Zugseil ge-
knotet war, dann verschmolz sein Körper mit dem
dahingleitenden Schlitten, der selbst bei wilder
Fahrt kaum umzustürzen war.

Auf der festen Schneedecke kamen sie nun
rasch vorwärts. Bald hörte David, wie Elena heftiger atmete, obwohl sie es zu unterdrücken versuchte. In ihren Atem mischte sich mitunter wieder jener wehe Laut, der nach Schmerzen klang
und sich ihr meist dann entrang, wenn ihre Kräfte
zu schwinden drohten.

Die Schlitten glitten ihnen beim Hochziehen auf
dem überfrorenen Schnee hinterdrein, ohne einen
Abdruck zu hinterlassen. Da sie nebeneinander
gingen, berührten sich die Schlitten oft, auch
wenn Elena ein kürzeres Zugseil angeknotet hatte. Auf der Kammhöhe schaute David sich nach
einem Versteck um, das er bald bei den ersten
Fichtenstämmen fand, die an dieser Stelle bis an
den Weg heranreichten. Dort verstaute er die
Schlitten so gut er vermochte, damit sie vom Weg
trotz der unübersehbaren Spuren nicht gleich entdeckt werden konnten.

David war noch schweigsamer als sonst. Elena
bemerkte es, fragte jedoch nicht. David liebte es,
so mit Elena zu gehen, wenn er sie neben oder
hinter sich spürte, ebenso schweigsam wie er,
nicht einmal hinzusehen brauchte und dennoch
wußte, daß sie da war. Das Geräusch ihres Atems,

das sich auch unter geringer Anstrengung rasch beschleunigte, weckte in ihm eine besondere Vertrautheit. Nie hatte sie ein Tier verjagt durch unbedachtes Sprechen oder Rufen. Legte er, wenn er ein Reh oder ein Eichkätzchen erspäht hatte, den Finger über die Lippen oder verhielt regungslos in der Bewegung, erstarrte sie im selben Augenblick, ohne daß es eines weiteren Zeichens bedurft hätte, zu einer statuenhaften Leblosigkeit, ohne die Augen von ihm abzuwenden.

Nach der halben Strecke sagte David, daß er mit dem Vater bei den Pöhlers gewesen war, die alle Schuld von sich wiesen. Auch daß Elena alles mitangesehen hatte, bestritten sie, wie ihm der Vater auf dem Rückweg erzählt hatte. Auf ihrer Stirn zeigten sich einige kleine Falten, für einen Moment sah es aus, als ob sie etwas sagen wollte, doch dann schwieg sie.

Der Lehrerin entging nicht, daß David dem Unterricht nicht folgte. Sie holte ihn, als er wieder vornübergebeugt mit einer kleinen Münze im Pultdeckel eingekratzte Linien nachzeichnete, zu sich, um ihn an die Tafel schreiben zu lassen. Auch bemerkte die Lehrerin die kaum wahrzunehmende Veränderung in Elenas Verhalten, während David an der Tafel stand.

Als sie sich nach der letzten Unterrichtsstunde auf den Heimweg machten, hatte sich der Himmel wieder verdüstert. Nur ein heller Fleck in der weißgrauen Wolkenschicht, die von Horizont zu Horizont reichte, verriet den Standort der Sonne.

Die Kälte war noch schneidender geworden. Damit ihnen wärmer wurde, beschleunigten sie die Schritte. Ihre Atemluft fuhr wie weißer Nebel erst aus der Nase und dann aus dem durch die Anstrengung geöffneten Mund.

David holte die Schlitten aus dem Versteck auf den Weg zurück. Nebeneinander fuhren sie los, doch David mußte häufig bremsen, weil Elena nicht mitkam. Bei der Bauminsel hielt David an. Es folgte eine kurze, etwas steilere Wegstrecke, die schnell zu durchfahren war, damit sie nicht zu früh auf dem anschließenden flacheren Wegstück die Schlitten wieder ziehen mußten.

David ließ Elena ein kleines Stück vorausfahren. Ihre Zöpfe flogen im Fahrtwind. Sie beugte sich mit dem Körper weit nach vorne. Erst am Ende, als sich die Fahrt wieder verlangsamte, richtete sie sich auf und ließ dem Schlitten freien Lauf. David holte sie schnell ein. Er fuhr ganz nah an ihr vorbei. Im Vorübergleiten warf er den Kopf zu ihr herum, dabei schrie er vor Übermut. Auf Elenas Gesicht erschien ein Lächeln und er glaubte, auch ein Lachen gehört zu haben, während sie den Schlitten angestrengt mit den Füßen lenkte. Ein beträchtliches Stück zurück kam sie bereits zum Halten. David war sogleich nicht wohl zumute, als er an ihr vorbeifuhr und sie hinter sich ließ. Erst als sie ihn wieder erreicht hatte und sie gemeinsam weitergingen, wich dieses Empfinden von ihm.

Schneeflocken trieben nun durch die Luft, die

sich wie ein kalter Hauch auf das Gesicht legte. Als sie bei den ersten Gehöften und bald darauf beim Milchkannen-Podest anlangten, begann Elena zu frösteln. Bevor sie sich von ihm abwandte, lief ein kleines Schütteln über ihren Körper.

„Morgen wieder?" fragte David. Sie nickte wortlos und ging dann mit kleinen Schritten davon. David wirkte unschlüssig. Er sah eine Weile dorthin, wo Elena soeben verschwunden war. Dann drehte er sich abrupt um und rannte den Weg wieder hinauf, so schnell er es mit dem Schlitten vermochte. Immer wieder glitten seine Füße auf dem überfrorenen Schnee aus. Er hastete vorwärts, ohne ein einziges Mal aufzublicken. An der Bauminsel zog er den Tornister vom Rücken und legte ihn an die Stelle, wo Elena ihm vorgelesen hatte. Ihre Spuren waren noch zu sehen. Ihm war mit einem Male, als ob sie anwesend sei. Er empfand das Gefühl so stark, daß er sich unwillkürlich umblickte. Dann lief er eilig weiter aufwärts. Unweit der Kammhöhe bog er rechts in den Weg hinein, der zur Sonntagsschule führte. Bald wich der Wald rechts des Weges und öffnete die Sicht auf das Dorf und für eine kurze Strecke noch weiter hinab in das Tal und bis zum Bach hin, auf dessen Eis sie mit den Schlitten fuhren. Davids Augen suchten die Windungen des Bachlaufs ab, blieben auf einer kleinen Ausbuchtung haften, die der Wind vom Schnee freigeweht und in eine dunkle, fast schwarze Eisfläche verwandelt hatte. Nur mühsam konnte David die Augen von diesem Ort abwenden, so als ob es mit ihm eine besondere Bewandtnis habe. Bald kam er zum höchsten Punkt des Weges, der von da an flach weiterführte. Er spürte deshalb den Schlitten kaum noch am Seil, so daß ihm dieser manchmal in die Waden stieß.

Er verließ den Weg jetzt, und nach wenigen Minuten durch unberührten Schnee entdeckte er den Beginn des Abhangs vor sich. Er konnte ihn noch nicht richtig erkennen. Das Weiß der Wiese hörte vor ihm einfach auf, als ob gleichsam dort schon der Himmel anfing. David ging langsamer und dann bis an den Rand hin, der unvermittelt nach unten abfiel. Den Schlitten ließ er einige Schritte zurück. Eine frühe Dämmerung hatte an diesem Winternachmittag, fast unmerklich noch, bereits eingesetzt. David starrte in das weiße Halbrund, das steil nach unten führte. Die Furt in der Tiefe zeigte sich weit weg, wie ein fernes Land. Rechts und links von ihr wuchsen die Baumreihen zu einer einzigen langgezogenen schwarzen Fläche zusammen. David schaute hinab, schaute auf die dunklen Berge gegenüber, bis zu denen der nun mit zerrissenen Schneewolken überzogene Himmel reichte. Er ging zu seinem Schlitten, hob ihn hoch, den Rücken zum Hang gedreht. Da gewahrte er eine Gestalt, die sich von weitem über die ebene Schneefläche näherte. An der Art, sich fortzubewegen, erkannte er Elena. David schien einen Moment unschlüssig zu sein, wie träumend, wandte dann den Kopf zum Hang.

„Nein!" hörte er Elena mit ihrer hohen Stimme schreien, „nein, David, nein!"

David blickte wie abwartend zu ihr. Sie nannte ihn nur selten beim Namen. Dann drehte er sich erneut mit einer wie träge anmutenden Bewegung zum Hang und rannte los, auf den Abgrund zu, den Schlitten vor die Brust gezogen. Er sah den Rand auf sich zukommen, und er rannte bis dahin, wo der Boden vor ihm wich und warf sich hinunter auf den Schlitten, der sogleich mit knirschendem Geräusch über den gefrorenen Schnee eine rasende Fahrt aufnahm. Niemals hatte David den Hang von nahem gesehen. Er war nicht eben, sondern durchzogen von kleinen Buckeln und Senken, fiel manchmal fast lotrecht ab, um dann wieder nach vorne zu führen, wo es den Schlitten aushob und weit in die Luft warf. David krallte sich seitlich an die Stabilisierungsrohre, hielt sich nicht an der dünnen Querstange fest. Seine Augen begannen zu tränen, immer noch nahm die Fahrt zu, der Schlitten schlingerte und schleuderte im Hang, dessen Neigung sich weiter verstärkte. David nahm die schwarze Einfriedung wahr, die natürliche Begrenzung des weiten Runds in der Tiefe. Sie war noch fern, doch er konnte die Konturen einzelner Bäume schon ausmachen, sah die Öffnung, die einzige dort, in der es weiß hindurchschimmerte, weiß, nur weiß, nur dort. Der Schlitten versetzte während der wilden Sprünge über die Wellen und Rippen und änderte abrupt die Richtungen. David brachte die Fußspitzen nach unten, preßte den Körper in die gewölbte Auflagefläche des Schlittens, versuchte ihn zur Furt hin zu lenken, doch der Schlitten schlingerte unter ihm wie ein durchgehendes Pferd zurück, geradewegs auf die immer deutlicher zu erkennenden Baumstämme zu. David sah den dunklen Wall immer mehr in die Höhe wachsen, sein Kinn schlug auf den Schlitten, er konnte sekundenlang nichts mehr sehen, klammerte sich bei rasender Fahrt an den Rohren fest. Immer noch fuhr er auf das drohende Dunkel zu, preßte mit aller Kraft die rechte Fußspitze nach unten, doch sein Bein wurde wieder durch die Buckel und Höcker im Hang emporgeschlagen. Er bemühte sich, mit dem Oberkörper dem Schlitten eine andere Richtung zu geben, indem er sich zur Seite bog und gleichzeitig mit dem Körper hin und her ruckte. Dabei stöhnte er vor Furcht und Anstrengung zugleich. Ihm war, als ob die Steilheit des Hanges nun ein wenig abnahm. Wieder wurde er in die Luft geschleudert, sah über den Schlitten hinweg, blickte über die Wipfel der Baumreihen, die sich immer größer und bedrohlicher vor ihm auftürmten. Noch im Fall versuchte er, dem Schlitten eine Wendung zu geben, der mit hartem Schlag wieder aufsetzte und mit einem zischenden Laut seine Fahrt, fast schien es, mit noch größerer Geschwindigkeit fortsetzte, geradeso, als ob er von der Tiefe angezogen würde. David sah albtraumhaft, wie die winzig kleine Lücke in der schwarzen Wand auf ihn zukam. Er machte sich lang, als gelte es, durch einen engen Durchlaß zu schlüpfen. Dann, es war das Werk eines Augenblicks nur, ereilte ihn die Mauer aus Fichtenstämmen, die sich vor ihm öffnete und rechts und links an ihm vorüberflog. Im selben Moment fühlte er einen starken Druck auf den Magen, wie wenn ihn eine Riesenfaust auf den Schlitten niederpreßte. Ein schier endloser weißer See nahm ihn auf, in den er wie besinnungslos eintauchte. Er verspürte einen dumpfen Stoß und empfand sich in die breite weiße Fläche, die sich vor ihm auftat, hineingesogen wie in einen weiteren Abgrund. Es gab einen heftigen Schlag und ihm war, als ob er himmelwärts fliege. Dann war mit einem Mal eine große Stille um ihn. David empfand ein Gefühl wie nach einem langen Schlaf und wußte geraume Zeit nicht, ob er wachte oder träumte. Als seine Sinne wiederkehrten, fand er sich rücklings im Schnee liegend. Benommen hob er den Kopf, richtete sich auf, erst auf die Knie, dann erhob er sich vollends. Er blickte den Hang, der nicht enden wollte, hinauf, erschrak über seine Höhe und Düsternis und ballte wie im Zorn eine Faust gegen ihn.

Am Beginn des Abbruchs, hoch über ihm, hob sich der wolkenübersäte Winterhimmel noch in einer deutlichen Linie vom Gelände ab. Der Schlitten lag einige Meter weg von ihm auf der Seite, mit gebrochener Querstange, an der das Zugseil fehlte. Eines der Sitzbretter war zur Hälfte abgerissen. Die Rohre der Kufen schienen aus der Flucht geraten zu sein. David ergriff den Schlitten und wendete sich gegen den Hang. Erst jetzt bemerkte er, daß seine rechte Hand zitterte. Eine nicht zu unterdrückende Beklemmung bemächtigte sich seiner, je näher er an das wie eine Wand vor ihm aufragende Gelände herantrat. Er suchte die Spuren seiner Abfahrt, um dort wieder anzusteigen, und als er damit begann, wich seine Angst. In den besonders steilen Stellen trug er den Schlitten mit nur einer Hand, um sich mit der anderen am Hang abzustützen. Er entdeckte seine Schlittenspur, sah, daß sie meterweit unterbrochen war, wo es ihn in die Luft geschleudert hatte. Die Steilheit zwang ihn einige Male, mit den Schuhspitzen Stufen in den Hang hineinzutreten, damit er nicht wieder hinabrutschte. Zwischendurch mußte er rasten, nie hatte er gedacht, daß der Hang so lang war und so steil. Als er dem Rand näherkam und sich zurücklehnte, um nach oben zu schauen, sah er Elena, die über den Abbruch zu ihm hinunterblickte. Bevor er weiterstieg, wendete er ein letztes Mal das Gesicht nach unten, worauf er wie unter einem Schwindel erbebte. Keuchend stand er kurz darauf neben Elena und setzte den Schlitten in den Schnee ab. Ihr Gesicht wirkte fassungslos. Mit ungläubigem Blick musterte sie ihn immer wieder. Sie schaute auf den verbogenen Schlitten, ein leiser Schreckensruf entrang sich ihrem Mund, dann wandte sie sich ihm wieder zu. Unvermittelt trat sie an ihn heran, ihre Hand berührte für die Dauer eines

Augenblicks seine Wange, dann drehte sie sich schweigend zum Gehen. David sagte nichts. Auf dem Rückweg trug er den Schlitten unterm Arm. Als sie an die Weggabelung kamen, zog Elena ihren Schlitten aus einem verschneiten Gebüsch hervor.

„Laß' deinen Schlitten hier, wir holen ihn morgen. Laß' uns mit meinem fahren", sagte sie. Als David nicht reagierte, setzte sie sich auf ihren Schlitten ganz vorne hin und sah zu ihm auf. David kletterte die Böschung hinab und schob seinen Schlitten in das fast vollständig vom Schnee zugedeckte Unterholz, wobei er tiefe Fußabdrükke hinterließ, die ihn am Sinn seines Tuns zweifeln ließen. Elena schwieg, als er hierüber zu sprechen anfing. Dann setzte er sich hinter sie auf ihren Schlitten. Sie nahm die Füße hoch und stemmte sie von innen in die hölzernen Verstrebungen. David brachte den Schlitten in Fahrt, und als es schneller dahinging, lehnte sich Elena nach hinten. David spürte zum ersten Mal ihren Körper an seinem, er blickte auf ihre Mütze vor sich, die seinen Mund berührte. Dann legte sie den Kopf zurück, so daß ein Zopf seine Wange streifte. An der Bauminsel bremste David den Schlitten ab und holte seinen Tornister aus dem Versteck. Von dort gingen sie nebeneinander weiter. David zog Elenas Schlitten. Sie schaute öfter zu ihm herüber, aber David tat, als bemerkte er es nicht. Dann fragte sie ihn, ob er Angst gehabt habe. David zögerte mit der Antwort, doch schließlich sagte er:

„Eigentlich nicht, na ja, ein bißchen schon, doch, ja, ich hatte eine Menge Angst dabei, große Angst, die hatte ich."

„Warum hast du's getan, warum gerade heute?" fragte Elena.

„Weiß nicht, einfach so, irgendwie so", antwortete David.

„Wolltest du nicht, daß ich dabei bin?" fuhr Elena fort, „oder warum bist du alleine gegangen?"

„Ich wußte nicht, ob ich's wirklich tu'. Und ich wollte nicht, daß du mitkriegst, wenn ich nicht runterfahre", sagte David.

Elena schwieg jetzt. Als sie am Milchkannen-Podest angekommen waren, sah Elena ihn an.

„Versprichst du mir was?"

„Was denn?" wollte David wissen.

„Daß du nicht mehr runterfährst", sagte Elena, „versprich's mir, bitte."

„Warum soll ich dir was versprechen", wunderte sich David, „ich dir? Warum?"

Doch Elena war bereits ein paar Schritte in Richtung ihres Weges weitergegangen, wandte sich noch einmal zu ihm um.

„Weil ich's möchte", rief sie und war sogleich um die kleine Biegung herum verschwunden.

Am Abendtisch rang David eine Weile mit sich, doch dann sagte er plötzlich: „Ich bin runtergefahren, den Hang, meine ich, den Steilhang. Der Schlitten ist kaputt, nicht ganz, ein bißchen verbogen. Und die Querstange ist gebrochen."

Er schwieg und bereute auf der Stelle, was er gesagt hatte. Die Mutter verstand nicht sofort, doch der Vater legte die Hand mit dem Löffel auf die Tischplatte.

„Was hast du getan? Den Hang? Du? Wann?" fragte der Vater und schaute David mit einem ungläubigen Ausdruck im Gesicht an. Seine Stimme schwankte zwischen Strenge und Besorgnis. Er sah zu seiner Frau, dann wieder zu David.

David richtete sich auf in seinem Stuhl.

„Im Liegen. Ich bin im Liegen runter."

Er atmete noch einmal durch, und es klang beinahe wie ein Schluchzen, als ihn der Gedanke an das Geschehene erneut überwältigte. Dennoch schien es ihm schon unendlich weit zurückzuliegen, ganz fern, wie eine Erzählung aus einem Buch. Aus der Schule hatte sich bisher niemand den Hang hinuntergetraut. Nur der Vater und noch ein anderer aus dem Dorf, sie waren die Letzten, die es noch gewagt hatten und das war vor vielen Jahren gewesen.

„Ich schau' mir's an", sagte der Vater unvermittelt, „und ich nehm' den Matthias mit, der soll sich's auch ansehen, und du kommst auch mit." Dabei betrachtete er David mit strenger Miene und hielt ihn zu raschem Essen an, denn es würde nicht mehr lange hell sein.

Der Vater klopfte den überraschten Matthias aus seinem Haus heraus, der sich rasch die Joppe überwarf, worauf sie schnellen Schrittes die Richtung zum Tal einschlugen, um sich dem Hang von unten zu nähern. Als sie die Mulde mit dem Gegenhang erreichten, hatte der Vater bald die Spuren entdeckt, die aus der nun noch bedrohlicher wirkenden steilen, dunklen Wand durch die enge Furt auf sie zuführten. David war zumute, als ob er nach den Spuren eines anderen Menschen oder eines Tieres Ausschau hielt und nicht nach den eigenen, so fremd, so unwirklich empfand er seine Anwesenheit an diesem Ort.

Der Vater fand die Stelle, wo sich der Schlitten in den Gegenhang gebohrt hatte und David durch die Luft geschleudert war. Als sie durch die Furt gingen und die Schlittenspuren ganz nah an deren Rand zu sehen waren, blickte der Vater zu den nur wenige Schritte entfernten Baumstämmen.

David überlegte, aber er hatte die Stämme nicht in Erinnerung, auch nicht, daß er so dicht an den Rand der Furt gelangt war. War er wirklich hier gefahren, hatte er hier den Schlitten gelenkt? Sie stiegen noch eine kurze Strecke nach oben, doch da der Schnee inzwischen noch härter gefroren war, fanden sie keinen Halt mehr für die Füße und kehrten um.

Matthias pfiff mehrmals durch die Zähne.

„Ich hätt's nicht geglaubt, wenn ich's nicht gesehen hätt'", ließ er wissen. „Und du bist mit dem Kopf voraus runter?" fragte er ein ums andere Mal. „Hätt'st dir den Schädel einschlagen können, hätt'st hin sein können jetzt, Bursch'", stieß er hervor.

Davids Vater sprach nicht mehr, den ganzen Rückweg nicht, sagte am Ende nur ein kurzes Abschiedswort zum Matthias. Als sie wieder im Haus waren und in der Stube saßen, schaute ihn der Vater lange an, faßte dann in Davids Haarschopf, daß es ihn schmerzte und schüttelte ihn hin und her.

„Weißt du, was du da getan hast? Weiß du, was hätte geschehen können? Weißt du das?"

David wand sich unter dem harten Griff. Die Mutter trat hinzu, und der Vater lockerte den Griff und ließ David schließlich los. Als sie erfuhr, was wirklich geschehen war, hörte David einen leisen Schreckensruf. Sie kam zu ihm und zog ihn an sich. David versuchte, sich gegen die Umarmung zu wehren, barg dann sein Gesicht an ihr.

Der Vater trug ihm nun auf, das gespaltene Holz aufzuschichten. Erleichtert rannte David ums Haus herum in den Schuppen und begann, mit den hellen Scheiten eine halbhohe Mauer an der rückwärtigen Wand aufzurichten, während seine Gedanken fortwährend bei der Fahrt den Hang hinunter weilten. Mitunter hielt er in den Bewegungen inne, um dann umso schneller die nach Harz und Rinde riechenden Holzstücke zu ordnen.

Mit einem Malc kam wieder jene geheimnisvolle Unrast über ihn, die immer häufiger Besitz von ihm ergriff. Er stapelte die Scheite so behende er vermochte, dann hielt es ihn nicht mehr und er verließ leise den Schuppen, lief an der Rückseite des Hauses an den Obstbäumen vorbei und unterhalb des Gartens wieder nach oben zu dem großen schwarzen Baum, von wo er Elenas Fenster sehen konnte. Er warf nur einen kurzen Blick darauf, als wollte er sich vergewissern, daß es noch vorhanden war und damit auch alles, was hinter der Scheibe im Verborgenen blieb.

Als er zurückkehrte, fing es wieder zu schneien an. Die Flocken sanken erst vereinzelt herab, dann wurden es immer mehr, um schließlich wie ein undurchdringlicher Vorhang ohne Anfang und Ende niederzuschweben, so als sollte es nie wieder hellichter Tag werden.

Es schneite die ganze Nacht hindurch, und als David am Morgen aus seinem Fenster blickte, trug die Fensterbank eine dicke Schneeauflage. Noch immer fielen die Flocken dicht aus dem grauen Himmel herunter. Ein böiger Wind blies weiße Schneewolken um den Giebel, die sich von außen in winzigen Tröpfchen auf der Fensterscheibe niederschlugen.

Als er die Tür nach draußen öffnete, spürte er den gegen sie lastenden Druck des Schnees, den der Wind die Treppenstufen hochgetrieben hatte. Mit den ersten Schritten versank er bis über die Knie. Die Spur des Vaters, der in der Frühe das Haus verlassen hatte, war noch an den sanften und gerundeten Linien der fast vollständig wieder zugeschneiten Fußabdrücke zu erkennen. Die Mutter schaute durchs Fenster, als er sich, von Kopf bis Fuß eingehüllt, entfernte. Am Weg bogen die verbliebenen Spuren des Vaters nach links hinab ins Tal.

Wieder wartete Elena am Milchkannen-Podest, dessen Pfosten bereits über die halbe Höhe im Schnee steckten. Das Gesicht hatte sie erneut mit einem Tuch abgedeckt, das nur die Augen unter der tief in die Stirn gezogenen Mütze freigab. Der starke Wind wirbelte den Schnee ungestüm auf und blies ihn ins Gesicht, so daß es wie mit Nadeln stach. David suchte in Elenas Augen zu lesen, doch sie blickte ihn nur an, ohne daß er eine Regung wahrnehmen konnte.

David ging voraus, Elena folgte ihm dichtauf. Nach kurzer Zeit waren sie über und über mit Schnee bedeckt, und sie kamen nur langsam voran. Der kalte Wind schnitt ins Gesicht und auch wenn sie den Kopf senkten, trieb er den Schneestaub zwischen Hals und Schal, wo er taute und als kaltes Rinnsaal an der Haut herunterlief.

David sah, daß Elena nur mit großer Mühe mithalten konnte, obgleich sie versuchte, in seiner Spur zu bleiben. Doch der Schnee schien oft fast grundlos zu sein. Sie sank so tief ein, daß sie kaum die Füße wieder bis zur Oberfläche anheben konnte und nach vorne strauchelte. David wendete sich um zu ihr, und sogleich blickte sie zu ihm auf. Er sah, wie sich das Tuch über ihrem geöffneten Mund beim heftigen Atmen hin- und herbewegte. Gleichzeitig gewahrte er die stumme Hilflosigkeit in ihren Augen.

„Wir kehren um", rief David durch den noch stärker werdenden Wind.

Elena schaute ihn noch immer an, drehte sich dann wortlos um und begann mit dem Rückweg. David blieb eine Weile hinter ihr. In kurzen Abständen blickte sie sich um zu ihm, als ob sie sich ängstigte, daß er ihr nicht mehr folgte. Am Milchkannen-Podest machte David Anstalten, mit in ihren Weg einzubiegen, doch sie sah ihn an und schüttelte den Kopf. Daraufhin blieb David stehen und Elena stapfte davon. An der Biegung drehte sie sich um. Einen Augenblick lang ruhten ihre Augen auf ihm, dann wandte sie das Gesicht und ging weiter. David folgte ihr unbemerkt noch bis zum Ende der Wegbiegung und schaute ihr nach, bis ihre Gestalt vollends von den wirbelnden Flocken verschlungen war.

Es hatte den Anschein, als würde der Schneefall nie mehr enden. In einer unablässigen Flut entlud er sich aus den grauen Wolken, die tief herunterhingen und sich wie Nebelschwaden in den Bäumen und Sträuchern verfingen, so als ob sie für immer bleiben wollten. Es schneite die Nacht hindurch und am nächsten Tag und auch während der folgenden Tage und Nächte. An manchen Stellen tauchten die Wiesenzäune wie in großen Wellen unter die Schneedecke. Alle Ge-

genstände verloren ihre harten und scharfen Linien und Begrenzungen und bekamen weiche, runde Formen. Schwieg der Wind, lastete eine schwermütige Stille über dem Schnee.

Jeden Morgen ging David zum Milchkannen-Podest, um zu sehen, ob Elena wartete. Doch sie kam nicht und dann kämpfte er sich zurück und blieb im Haus. Der Vater brach auch an diesen Tagen in der Frühe auf. David schien es, als ob es niemals etwas geben könnte, was ihn daran hinderte. Wenn er am Nachmittag heimkehrte, erzählte er davon, wie hoch der Schnee gelegen hatte und daß es kein Durchkommen für den Wagen des Händlers gäbe.

Am vierten Tag verspätete David sich. Er sah Elenas Spuren, die am Podest endeten und dann wieder kehrtmachten. Er trat in ihre kleinen Fußstapfen und folgte ihnen bis zur Biegung. Dort spähte er den Weg hinunter, der übergangslos mit den angrenzenden Wiesen verschmolz. Doch der Weg lag still, nichts regte sich. Die Mutter befragte ihn, als er wieder heimkam, nach Elena, und David sagte ihr, daß sie nicht gekommen war. Er sollte besser nicht gehen, riet ihm die Mutter, weil er nun ohnehin viel zu spät die Schule erreichen würde und es immer noch nicht ratsam sei, bei dem vielen Schnee den langen Schulweg zu riskieren.

David entschloß sich, seinen beschädigten Schlitten zu holen. Er versprach der Mutter, sofort umzukehren, wenn er ihn gefunden hatte.

Unterhalb der Böschungen und in den Wegkehren hatte der Wind den Schnee zu mächtigen Barrieren angeweht, die David kaum zu durchqueren vermochte. Wenn er es anging, versank er bis zur Brust. Er sprang einige Male vornüber hinein und fiel ins schier Bodenlose, wie er es von Träumen her kannte. Nahe der Kammhöhe, wo er den Schlitten zurückgelassen hatte, verließ er die ebene Fläche des Wegs, um die kleine Böschung hinabzusteigen. Beim zweiten Schritt trat er ins Leere und versank bis über den Kopf wie in einem Mahlsand. David ruderte mit den Armen und stieß mit den Füßen um sich, um Grund zu finden. Er konnte nichts mehr sehen, der Schnee fiel von oben nach, er konnte kaum noch atmen, bekam Schnee in den Mund, der wie Sand von oben nachströmte und seinen Kopf und sein Gesicht einhüllte. David spürte Atemnot. Er versuchte, mit den Händen sein Gesicht vom Schnee zu befreien, doch dieser rieselte immer wieder nach und bedeckte seine Augen und den Mund. Eine lähmende Beklemmung nahm Besitz von ihm. Er wollte rufen, wollte Luft holen, doch Schnee drang in seinen Mund. Die Furcht zu ersticken, überfiel ihn. Er hustete, wollte sich nach vorne bewegen, doch er wußte nicht mehr, wo die Böschung zum Weg hinauf lag und wo der Hang zum abfallenden Wald. Ihm schien, als ob er immer tiefer versinke in einem Strudel aus weißem Pulver und Staub. Er wollte schreien, doch der nachrutschende Schnee ließ nur einen gurgelnden

Laut zu. David merkte Grimm in sich aufsteigen über seine Wehrlosigkeit. Bilder tauchten vor seinen Augen auf vom Sommer. Er sah diesen Ort, an dem er jetzt vom Schnee verschlungen wurde, mit Himbeerschlägen überzogen und roch das Harz der nahen Kiefernstämme. Nun war er an derselben Stelle gefangen, albtraumhaft wie von unsichtbaren Händen festgehalten, bis ihn der Schnee lebend unter sich begrub. Zum ersten Mal empfand David ein bewußtes Gefühl von Gefahr, die ihm jetzt drohte. Er spürte, wie er ermüdete bei seinem Kampf, der weichen weißen Masse zu entkommen. Es kam ihm vor, als ob er in einer heißen, trägen Flut watete, die seinen rudernden Fluchtbewegungen nachgab und ihn in einen endlosen Abgrund zog. Eine peinigende Angst überkam ihn. Als er einen Moment erlahmte, würgte ihn die Vorstellung, noch weiter zu versinken. Er schlug, einem Ertrinkenden gleich, mit den Armen über dem Kopf umher, wie ein Schleier stand der aufgewirbelte Schnee über ihm in der Luft und senkte sich erneut auf ihn nieder. David blickte nach oben durch diese Öffnung, die ihm wie eine Tür nach draußen erschien, die sich wieder verdunkelte und wieder zu verschließen begann, um ihn für immer zu behalten. Graue und weiße Spukbilder tanzten vor seinen Augen, ein Stück Himmel, schwarze Baumäste, Schnee und dann für einen Augenblick ein Gesicht oder Beine oder eine Gestalt, bevor er wieder rückwärts versank und sich die weiße Flut abermals über ihm zu schließen anschickte. Er hielt eine Hand vor seinen Mund beim stoßweisen Luftholen, um nicht wieder Schnee einzuatmen. Plötzlich war da ein Druck auf seinem Kopf, dann seitlich am Gesicht. Er fühlte einen Ast, packte ihn, hielt ihn fest, klammerte sich an ihn. Wie ein Blitz durchfuhr ihn der Gedanke an einen Ausweg aus seiner Not. Ein paar Sekunden verhielt er in völliger Reglosigkeit, um sich dann unter Anspannung aller Kraft, die ihm verblieben war, mit einem Ruck nach oben zu ziehen. Doch der Ast kam auf ihn zu, er spürte das Nachgeben des vermeintlichen Halts, gleich darauf einen harten Schlag gegen den Kopf und dann einen Körper, der über seinen Kopf und seine Schultern hinweg an ihm hinunterglitt. David erfaßte mit seinen kalten Fingern Kleidung, Gliedmaßen, berührte Beine, die neben ihm nach oben ragten, und er wußte sofort, daß Elena bei ihm war. Unter die Angst, die sich seiner erneut bemächtigte, mischte sich ein anschwellendes Gefühl der Erleichterung. Er griff nach ihren Beinen, die er nur erahnen konnte. Sie trat und strampelte wie in höchster Verzweiflung. David versuchte, mit geschlossenen Augen mit dem Kopf nach unten in den pulvrigen Schnee zu tauchen und tastete mit den Händen nach Elenas Armen, fand sie jedoch nicht, krallte seine Hände in ihren Mantel und zog sie mit aller Kraft zu sich hoch. Plötzlich schien es David, als ob er sich selbst beobachtete, wie ein Fremder, der ihm zuschaute bei dem, was er tat. Er riß Elena auf sich zu, zog ihren Kopf dicht an sich heran. Dabei konnte er nichts sehen, er fühlte ihr Gesicht, merkte auf einmal ihre Arme an sich, dann um sich. Er fuhr mit den Händen über sie, spürte ihren Körper, dann ihre Haare. Auf einmal gelang es ihm, seine rechte Schulter freizukämpfen, worauf es heller um ihn wurde. David ruderte mit den Armen nach allen Seiten, sah den Trichter, in dem er steckte und dessen Öffnung sich nun nach oben verbreitert hatte. Seitlich an ihn war Elena gepreßt, der Schnee lag noch beträchtlich über sie angehäuft. David räumte ihn hastig fort und legte ihren Kopf frei. Mit jeder Bewegung seiner Arme kam ein weiteres Stück ihres Gesichts, das sie zur Seite geneigt hatte, zum Vorschein. Ihre Haut war fast so weiß wie der Schnee. Er spürte, wie sich ihr Körper bewegte, erst langsam, dann sich wand wie unter Krämpfen. Sie hustete, würgte, wollte atmen, sog wieder Schnee ein, hustete erneut und spie weißen Schaum aus. Speichel floß aus ihrem Mund. Ihre Augen waren geschlossen. Sie würgte wieder, ihr Gesicht lief rot an wie unter einer großen Anstrengung. Wieder würgte sie Schnee heraus, ein röchelnder Laut kam aus ihrem aufgerissenen Mund. Dann öffnete sie die Augen, sah wie fliehend umher. David rieb ihr über die Haare und über das Gesicht. Sie hob den Blick, sah ihn an, wendete die Augen ab, um sie dann wieder auf ihn zu richten. David brachte ein Lächeln zustande.

„Du", keuchte er und noch mal, mehr fragend,

„du?"

Ohne eine Antwort abzuwarten, versuchte er, aus dem Trichter heraus einen Überblick zu gewinnen. Er erkannte, daß es nur einen Weg hinaus gab, und dieser führte von der Böschung weg, wo der Schnee am tiefsten war, zur Waldseite hin, an der sich der Hang schon merklich talwärts neigte. Elena wurde immer wieder von Hustenanfällen geschüttelt. Dabei ließ sie ihre Arme nicht los von ihm. Als sie bemerkte, daß David sich rückwärtsgewandt aus dem Schnee befreien wollte, spürte er, daß sie mit ihrem Körper gegen ihn drängte, um seine Bewegungen zu verstärken. Langsam gelangten sie vorwärts, wie durch einen zähen Teig. Der Widerstand gegen ihre watenden Schritte wurde weniger und weniger. Am Ende, als der Druck an den Beinen mit einem Male unverhofft nachließ, konnte David sich nicht mehr aufrecht halten, strauchelte nach hinten und fiel auf dem Rücken. Elena, die sich gegen ihn gepreßt hatte, stürzte auf ihn. Für einen kurzen Moment war sie über ihm, lag ihr Körper auf dem seinen. Wie unter einem plötzlichen Erkennen hielten beide sekundenlang inne, nur ihr keuchender Atem war zu hören, den sie, als ob ein Erschrecken in sie fahre, zugleich anhielten, um sodann noch heftiger weiterzuatmen. Elena drückte sich hoch von ihm, dabei schüttelte sie heftiger Husten. Sie beugte sich nach vorne und würgte weiteren Schnee aus, der mit Speichel vermengt aus ihrem Mund quoll. David faßte ihren Arm und zog sie mit sich weiter hinunter auf den Wald zu, wo der Schnee weniger tief war. Unter den ersten Bäumen klopfte er den Schnee von ihren Kleidungsstücken. Elena stand still und ließ David gewähren, hustete immer wieder, um dann selbst damit zu beginnen, den Schnee aus ihren Haaren zu schütteln. Eine Weile blieben sie am Rand des Waldes stehen, aus dessen Gipfeln sich hin und wieder kleine Schneerutsche lösten und auf sie niedergingen. Doch sie spürten es kaum. David sah, daß Elena keine Mütze trug. In diesem Augenblick griff sie selbst an ihren Kopf, um dann zu lachen.

„Dort", sie wies mit dem Arm auf die zerwühlten Schneemassen, „da steckt sie drin. Wenn der Schnee schmilzt, holen wir sie wieder."

Ein Zopf hatte sich aufgelöst und die Haare begannen, sich auf ihren Schultern auszubreiten. David bemerkte voller Verwunderung zum ersten Mal, wie lang ihre Haare waren. Sie fing sie mit der Hand ein, drehte sie zu einem kleinen Strang und band sich diesen mit dem anderen Zopf wie eine kleine Krone um die Stirn. Er nahm ihre Hand und sie folgte ihm, nachdem er eine günstige Stelle gefunden hatte, um wieder hinauf auf den Weg zu gelangen. David ging dorthin zurück, wo er im Schnee versunken war. Vom Weg aus war die Bedrohlichkeit nicht mehr vorhanden, die er vor wenigen Minuten noch empfunden hatte. Elena stand neben ihm. Sie erzählte ihm, wie sie seinen Spuren gefolgt war, schon umkehren wollte, weil sie nicht weiterzukommen glaubte und dann an diesen Teil des Weges kam, seine Arme und seinen Kopf im nachrutschenden Schnee ab und zu wahrgenommen habe, dann einen zur anderen Seite aus dem Schnee ragenden Ast fand, den sie ihm von oben hingehalten hatte und dann sei sie auch schon vornüber gestürzt. Sie schüttelte sich, als der Schnee, der am Hals und an den Armen unter die Kleidung gedrungen war, zu schmilzen anfing und auch David fühlte, wie Rinnsale auf seiner Haut liefen. Er ging voraus. Nach wenigen Metern tastete Elena nach seiner Hand. Er schob sich mit kleinen Schritten vorwärts, um den Schnee zu lockern, damit sie leichter nachkommen konnte. Als die durch seine Bewegungen ausgelöste Wärme in den Körper zurückzuströmen begann, empfand David, wie kalt ihm vorher gewesen war. Er blieb einige Male stehen, weil er an Elenas Atem hörte, wie sehr sie das Gehen erschöpfte. Sie stand dann still, das Gesicht zur Seite gewandt, nachdem sie ihn kurz angeschaut hatte. Nach wenigen Augenblicken verspürte er einen leichten Druck in der Handfläche, womit sie ihm bedeutete, daß sie zum Weitergehen bereit sei. Am Milchkannen-Podest ließ er ihre Hand wieder los, die er auch beim festen Ziehen behutsam zu fassen sich bemüht hatte. Inzwischen war es Mittag geworden. Der Himmel hatte sich aufgehellt, ein böiger Wind fuhr über die weißen Flächen und ließ Schneestaub in kleinen Wirbeln aufsteigen.

„Gehen wir morgen zur Schule?" fragte Elena.

„Morgen und dann noch zweimal", fuhr sie fort, „dann ist letzter Schultag und abends das Weihnachtsspiel und wir müssen noch proben. Sie haben bestimmt ohne uns geprobt."

„Wenn es nicht dazuschneit, können wir es morgen versuchen, aber wir müssen früher gehen, sonst kommen wir viel zu spät", sagte David.

Eine Fuhrwerksspur führte aus Elenas Weg auf das Podest zu und bog dann den Weg talwärts hinunter, den Davids Vater morgens einschlug. David bemerkte, daß das Gespann sich in beide Richtungen bewegt hatte und nur von einem Pferd gezogen worden war.

„Sag' nichts davon, von heute", sagte er zu Elena, bevor sie auseinandergingen, „ich tu's auch nicht."

„Wann denn morgen früh?" rief sie David hinterher.

„Um halb sieben?" gab er fragend zurück. Elena nickte nur, was David nicht sehen konnte, aber er wußte, daß sie um halb sieben gehen würden.

Er erzählte der Mutter, daß der Schlitten nicht zu finden war und er erst wieder nachsehen wolle, wenn der Schnee weniger tief geworden sei, er sei ohnehin ziemlich kaputt. Nach dem Essen sprang er hinauf in sein Zimmer, räumte die Fensterbank frei und versuchte, auf dem Gegenhang Wild ausfindig zu machen. Lange Zeit geschah nichts, dann entdeckte er über den Baumwipfeln einen Habicht, der in großen Bögen kreiste. Habichte kamen im Sommer öfter als im Winter. Mitunter vernahm er urplötzlich von irgendwoher das wilde Gezeter von Hühnern und kurz darauf Stimmen. David empfand es als beängstigend, wenn der Raubvogel dann mit schweren Flügelschlägen aufstieg, das bereits leblose Huhn in den Fängen und nur langsam an Höhe gewann und davonflog, während die Stimmen ihm lauthals nachschrien. Einmal hörte er auch einen Schuß, doch der Habicht flog mit seiner Beute weiter auf die andere Talseite zu. Davids Herz schlug für den Habicht, doch hiervon erzählte er niemandem etwas. Manchmal wechselte er später hinüber auf den Gegenhang und suchte nach dem Habicht. Es war fast immer derselbe Ort, wo er die Federn fand und auch noch ein paar andere Überbleibsel des Huhnes wie Fleischreste, Knochen, den Kopf und die gelblichen Beine. Wenn er zu spät ankam, war oft ein Fuchs bereits dort gewesen.

Es hatte nur leicht hinzugeschneit in der Nacht. Elena wartete am Morgen bereits am Podest, als David hinter dem Apfelbaum, der dort seltsam gekrümmt und gespensterhaft neben dem Gartenzaun aus dem Erdreich sproß, auf den Weg bog. Trotz der Finsternis des frühen Wintertags hob sich ihre dunkle Gestalt deutlich gegen den Schnee ab.

„Mein Vater ist gestern hinübergefahren, zur Mühle", sagte Elena. Ihre Stimme klang gedämpft, denn sie hatte gegen die Kälte wieder ein

Tuch vor den Mund gezogen. Der Weg dorthin sei nun frei, hatte ihr Vater berichtet, doch er habe große Verwehungen durchfahren müssen, der Schnee sei manchmal bis über den Boden des Leiterwagens gerutscht und das Pferd bis zur Brust im Schnee gestanden. Schweigsam setzten sie dann ihren Weg fort.

An der Stelle, wo sie im Schnee versunken waren, warfen sie einen verstohlenen Blick darauf, faßten sich stumm bei der Hand. Elena wollte stehenbleiben, doch David zog sie weiter.

Als sie die Kammhöhe erreichten und für eine kurze Weile ausruhten, stand beider Atem wie eine weiße Dunstfahne in der stillen Luft. Elena drehte unvermittelt ihr Gesicht zu David und hauchte ihn an. Nur ein einziges Mal, sogleich wandte sie sich wieder um, und doch spürte er eine Winzigkeit der Wärme und des Geruchs ihres Atems.

Alle Baumstümpfe, selbst die mächtigsten, waren vollkommen zugedeckt, viele Stämme metertief in der weißen Flut untergetaucht. David konnte sich nicht erinnern, den Wald jemals so tief unter Schnee gesehen zu haben. Die Fichten im Jungwald erhoben sich übergangslos wie aus einem weißen Ozean in einer einzigen gestaltlosen Form.

Nur mühsam kamen sie vorwärts, und als sie endlich bei der Schule anlangten, war die erste Unterrichtsstunde bereits zur Hälfte verstrichen. Die Lehrerin musterte sie prüfend und nickte ihnen kurz zu, als sie sich auf ihre Plätze setzten. Nach der Musikstunde, in der sie wieder das Lied von der blauen Blume singen ließ, war eine weitere Probe für das Weihnachtsspiel angesetzt. Dieses Mal verzichtete die Lehrerin auf Weisungen und mahnende Unterbrechungen, sondern nahm ihren Platz am Klavier ein und drehte nur in Abständen das Gesicht zur Schülerschar, die sich auf der um eine Stufe erhöhten Bühnensektion des großen Raumes aufgestellt hatte. Während sie spielte, nickte sie mit zur Seite gewendetem Kopf im Takt, wobei sie diese Bewegung in Momenten besonderer Betonung noch verstärkte. Waren ohne Klavierbegleitung aufzusagende Texte an der Reihe, fuhr sie mit dem Drehstuhl herum, um mit aufmunterndem Gesichtsausdruck die vortragenden Jungen und Mädchen zuversichtlich anzuschauen.

Am darauffolgenden Tag war der Unterricht bereits nach der zweiten Stunde beendet, um mit der Herrichtung der Bühne und des Schulzimmers anfangen zu können. Auf dem Schulhof lagerten inzwischen zahlreiche von der Forstverwaltung angelieferte kleine Tannen und Fichten, die in grünen, erdgefüllten Holzkübeln steckten. Dazu noch eine große Tanne, die sich jedoch als zu hoch erwies und zunächst noch um ein Stück verkürzt werden mußte, bevor sie links am Beginn der Bühnenerhöhung aufgerichtet werden konnte. Die Lehrerin wußte um Davids Geschicklichkeit beim Klettern und trug ihm auf, die Leiter zu nehmen und die Tanne mit den schon bereitliegenden Christbaumkugeln, den Sternen und Figuren, den bunten Bändern und mit besonderem Bedacht mit den langstieligen weißen Wachskerzen zu schmücken.

Die alte Klappleiter war rasch aufgestellt, zwei Mädchen hielten sie fest, während ein drittes Mädchen, Anita, den Baumschmuck zu David nach oben reichte. Anita war hochgewachsen, und David konnte von oben mit der Hand zu ihr hinablangen, um weitere Kugeln und Kerzen in Empfang zu nehmen. Die beiden jüngeren Mädchen an der Leiter flüsterten und glucksten, während sie die wackelige Leiter in kleine Schwingungen zu versetzen begannen. David griff ein ums andere Mal an Astspitzen vorbei und schalt tadelnd zu ihnen hinunter, ohne indes genügend Ernsthaftigkeit in seine Worte zu legen. Als ihm eine dickbauchige goldgelbe Kugel beim wiederholten Versuch, sie an einem der oberen Zweige zu befestigen, aus den Fingern glitt, zersprang sie mit einem lauten Knall auf dem Fußboden zu einem Meer aus winzigen, glitzernden Scherben. Für einen Augenblick verstummten das Gemurmel und das Lachen der mit mancherlei Arbeiten und Handreichungen beschäftigten Mädchen und Jungen im Raum, um dann umso lebhafter über das David widerfahrene Mißgeschick wieder anzuschwellen. Die Lehrerin trat hinzu und ermahnte zur Vorsicht, während sie die beiden jüngeren Mädchen mit dem Aufkehren der Scherben be-

78

auftragte. David stieg auf den Boden zurück, um den Baum aus einigen Schritten Entfernung auf die noch geeigneten Stellen für die verbliebenen Kerzen und Kugeln in Augenschein zu nehmen, auch wenn er zuvor schon vielstimmige Hinweise hierzu vernommen hatte. Anita stand neben ihm. Sie war so groß wie er. Während sein Blick noch prüfend über die grünen Zweige fuhr, sagte sie zu ihm, daß sie zu Weihnachten wohl Ski geschenkt erhielte, wenn er wollte, könnte er es auch mal darauf versuchen. Und ganz in der Nähe, wo sie wohne, sei ein guter Berg zum Rodeln. Wenn er wollte, könnten sie einmal zusammen rodeln, ihre Eltern hätten bestimmt nichts dagegen. David wendete sich jetzt Anita zu. Sie hatte ein offenes Gesicht, das immer ein wenig gebräunt wirkte, auch im Winter. Da erhielt er von hinten einen leichten Stoß und wurde gegen Anita gedrückt, die mit dem Rücken zum Baum stand. Sie stieß einen Schreckensruf aus, ihre Hände griffen nach David, der im selben Moment ihre Schultern umfaßte, um sie vor dem Sturz in den Baum zu bewahren. Indem er sie an sich zog, verspürte er eine weiche Berührung, die ihn für Sekunden verwirrte. Er ließ Anita wieder los, die sogleich aufgeregt mit David und den Umstehenden sprach und darauf bestand, David von den Silberfäden und Lamettastreifen zu befreien, die von den ausladenden Zweigen auf seinen Pullover abgestreift worden waren. David drehte sich unter den tastenden Fingern Anitas, während sie ihn sorgfältig absuchte. Da fiel Davids Blick auf Elena, die aus dem rückwärtigen Raum hinzugetreten war und die er für eine längere Zeit nicht mehr bemerkt hatte. Während Anita weiter auf ihn einsprach, sah David zu Elena hinüber, die ihn unverwandt anblickte. Noch bevor er etwas sagen konnte, drehte sie sich um und ging wieder zu den anderen zurück.

Die weihnachtliche Ausgestaltung des Treppenaufganges, des Raumes und des Flures mit den Garderoben dauerte bis in die späten Nachmittagsstunden. Alle wußten, was am Ende geschehen würde und als die Lehrerin den Beginn der Ferien bekanntgab, wobei sie nicht darauf hinzuweisen vergaß, daß morgen noch eine letzte Probe für das Weihnachtsspiel stattfände, brach großer Jubel aus wie immer zum Ferienanfang. Anita fragte David, wie er über die Sache mit den Ski und dem Rodeln denke. Sie stand neben ihm in der gedrängten Schülerschar. David wich etwas zur Seite aus, als er sie an sich spürte. Er sagte, daß das vielleicht gut sein könnte und er es sich überlegen werde, aber erst nach Weihnachten.

Als sich der Schulhof leerte und David ebenfalls den Heimweg antreten wollte, blickte er sich suchend nach Elena um, entdeckte sie jedoch nicht. Er kehrte noch einmal in das Schulgebäude zurück, doch auch dort fand er sie nicht. Elena stand an der Brücke, die unterhalb der Schule den Bach überquerte, der sich dort aufstaute und zu einer mehrere Meter breiten Fläche ausdehnte.

Als David näherkam, schaute sie zu ihm hin und dann wieder auf die Eisfläche, deren Schneedecke vom Wind an manchen Stellen weggeblasen war und sich dort dunkel wie eine lautlose Bedrohung zwischen dem Weiß des Schnees ausbreitete. David sah zu Elena, sie streifte ihn mit einem flüchtigen Blick und wandte sich dann wortlos zum Gehen. David fragte sie, ob ihr nicht gut sei, doch sie schüttelte den Kopf. Dann ging sie schweigend weiter in seiner Spur, obwohl der Weg inzwischen viele Trittspuren aufwies, so daß sie ohne besondere Mühe neben ihm hätte gehen können. David drehte sich mehrmals um zu ihr und bemühte sich, ein Gespräch anzufangen, doch Elena blieb still und antwortete nur wenig.

Eine gleißende Helligkeit tat sich auf, so daß sie die Augen zu kleinen Schlitzen verengen mußten. Der Himmel zeigte mehr und mehr eine tiefblaue Farbe, und durch die immer größer werdenden Lücken zwischen den träge auseinandertreibenden Wolkengebirgen fielen erste Sonnenstrahlen, die ein zaghaftes, wohliges Wärmegefühl im Gesicht erzeugten. Eine unendliche Fülle glitzernder Schneekristalle funkelte über die weiten Flächen der Lichtungen hinweg und vor ihnen auf dem Weg. Wildspuren kreuzten ihre Schritte oder verliefen eine längere Strecke neben ihnen. David ordnete sie ein nach Rehen, Karnickeln oder Füchsen, und eine besonders große bestimmte er zu einer Hirschfährte. Elena hörte ihm schweigend zu. Sie hatte das Tuch vom Mund weggezogen, zum Hals hin. Beim Weitergehen spürte David ihre Hand an der seinen. Sie hatte die Handschuhe ausgezogen, worauf David es ihr gleichtat. Als er seinen Arm wieder nach unten senkte, schob sie ihre Hand in seine. Er fühlte die eher kleine Hand und deren Wärme und merkte, daß ihre Hand es war, die sich festhielt und nicht die seine.

Sie ging nun neben ihm auf dem zerfurchten Weg. Als David zu ihr hinüberschaute, drehte sie das Gesicht zu ihm. Für einen Augenblick war ein kleines Lächeln um ihren Mund, das sogleich wieder ihrer stillen Ernsthaftigkeit wich. Im selben Atemzug faßte ihre Hand mit einem leichten Zucken wie unter einem Reflex fest zu, um sofort den Griff wieder zu lockern. An einer Wegbiegung blieb sie zurück, während David weitergehen mußte und sich nicht umdrehen durfte. David sah nicht nach links und nicht nach rechts und blickte erst zur Seite, als er sie wieder hinter sich hörte. Er wußte, daß sie es nicht mochte, wenn er am nächsten Tag den Ort erkennen konnte und bedeckte ihn mit Schnee.

Als sie die Kammhöhe überschritten hatten und dorthin gelangten, wo sie in den Schnee eingesunken waren, gab David sein Vorhaben auf, den Schlitten aus dem Versteck zu bergen. Er hätte nicht einmal sagen können, wo er mit dem Suchen beginnen sollte, so fremd erschien ihm plötzlich das Gelände.

„Gehen wir am Nachmittag noch schlittenfahren, den Weg hinunter?" fragte Elena unvermittelt. David schüttelte den Kopf.

„Das wird nicht gehen, ich soll beim Holzmachen helfen und ums Haus Schnee schaufeln." Und er setzte hinzu: „Außerdem habe ich überhaupt keinen Schlitten." Er schaute den Weg aufwärts. „Meiner liegt dort oben und ist krumm und verbogen und die Querstange entzwei."

„Wir könnten auf meinem fahren", erwiderte Elena.

„Ja, schade", sagte David.

„Und morgen, nach der Probe, wenn wir zurück sind? Wir können mit meinem Schlitten fahren", fuhr Elena fort.

„Ja, können wir", sagte David, „der Weg ist steil, da geht's auch im tieferen Schnee."

Die ersten Gehöfte tauchten aus der Ferne wie zerbrechliche Miniaturen in der weißen Landschaft auf. Aus den Kaminen stieg der Rauch lotrecht empor in den klaren Himmel, der sich inzwischen wolkenlos über das Dorf und die umgebenden Täler ausbreitete. Das dunkle Blau hatte eine milchige Verfärbung angenommen wie oft an Wintertagen, bevor die Dämmerung anbrach.

„Bis morgen dann", sagte Elena zu David und ihm war, als ob sie ihn dabei für einen Moment länger als sonst betrachtet hatte.

Am nächsten Tag war Elena nicht am Milchkannen-Podest. David wartete eine Viertelstunde, blickte Elenas Weg hinunter. Dann eilte

er, als sie noch immer nicht zu sehen war, den
Weg hinauf zur Kammhöhe und dann talwärts
durch den Wald zur Schule. Ohne Tornister auf
dem Rücken fühlte er sich leichtfüßig und behende. Ein paarmal rannte er durch die ausgetretenen
Spuren im Weg und hielt erst inne, wenn ihm die
Kraft ausging.

Bei der Probe ließ die Lehrerin die Weih-
nachtsgeschichte vom Beginn bis zum Ende ohne
Unterbrechung durchspielen; hierbei trugen alle
ihre Kostüme, die auf ihren Schulbänken bereit-
gelegen hatten. Die Lehrerin fragte David nach
Elena. Sie las dann selbst am Anfang und am
Schluß die Geschichte, die Elena bei der Aufführung vorlesen sollte. Mitten in der Probe sah David auf Elenas Platz wie verloren das Engelsgewand mit den Flügeln liegen, während alle anderen Bänke leer waren. Ein eigentümliches Gefühl
beschlich ihn bei diesem Anblick, so wie er es
häufig empfand, wenn Vertrautes nicht mehr an
seinem Platz war oder Veränderungen erfahren
hatte. Ungeduld stieg in ihm hoch, er wartete voller Unruhe auf den Schluß der Probe und hastete
dann zurück, hielt nicht auf der Kammhöhe an,
sondern lief den Weg und die Kehren zum Dorf
hinab. Oft strauchelte er in den Vertiefungen der
Fußabdrücke und zahlreichen Wildspuren. Bei
jeder Biegung, die den Blick auf die Ortschaft
freigab, suchte er die Wegstrecke vor sich mit den
Augen ab, ob sich nicht irgendwo ein kleiner
dunkler Punkt auf ihn zubewegte, doch die Land-

schaft lag still wie ein Gemälde ohne jede Regung. Er rannte noch zum Podest, bevor er zum Elternhaus abbog. Auf der hinteren Bohle lag auf einer frisch vom Schnee freigeriebenen Stelle ein mit einem Stein beschwertes Papierstück, auf dem geschrieben stand: „Um zwei hier?" Es war bereits nach ein Uhr! David aß in großer Eile das von der Mutter hingestellte Essen, die ihn derweil nach dem Weihnachtsspiel befragte und nach dem Weg und nach Elena.

Trotz seiner Hast verspätete David sich. Von weitem schon entdeckte er Elena, die auf ihrem Schlitten saß und zu ihm hinsah. Als er näherkam, fuhr sie langsam auf ihn zu und hielt wenige Schritte vor ihm an.

„Wo warst du heute früh?" fragte David, „ich hab' auf dich gewartet. Die Lehrerin hat auch gefragt."

Elena schaute zu ihm auf. „Es ging nicht, ich konnte nicht, mir ging es nicht gut."

David überkamen Zweifel an dem, was Elena sagte, doch er beschloß, sie nicht zu äußern. Unschlüssig blickte er zu ihr hinab. Es war nicht mehr so kalt, deshalb trug sie kein Tuch vor dem Mund. Ihre Augen waren auf ihn gerichtet mit einem Ausdruck, den David so an ihr noch nicht bemerkt hatte.

„Wollen wir fahren?" fragte sie und rückte gleichzeitig auf dem Schlitten nach vorne. David nickte, bückte sich, nahm die Enden des Schlittens in die Hände und begann anzuschieben. Da der Weg zunehmend steiler abfiel, gewann der Schlitten rasch an Fahrt. Bevor es zu schnell wurde, sprang David mit einem geschickten Schwung auf die freie Sitzfläche hinter Elena, wobei er heftig gegen sie stieß. Sie hatte die Füße innen gegen die aufgebogenen Kufen gestemmt und hielt sich vornübergebeugt am Holzrahmen fest. Als David während des Dahingleitens in seine endgültige Sitzposition ganz nahe an sie herangerutscht war, ließ sie den Rahmen los und drückte sich nach hinten an ihn. David lenkte mit den Absätzen, wodurch der Schnee aufwirbelte und manchmal in ihre Gesichter stob. Er sah an Elena vorbei nach vorne. Sie wandte kurz den Kopf, berührte dabei sein Gesicht mit ihrer Wange. Mit einer schnellen Bewegung riß sie ihre Mütze herunter. David entdeckte, daß sie die Zöpfe gelöst hatte. Wie eine Flut überspülten ihre Haare sein Gesicht. Der Schlitten glitt in immer schnellerem Tempo den Weg hinab. David blickte durch die wirbelnden Haare nach vorne, empfand etwas Feuchtes im Gesicht, so als ob es Tropfen gewesen wären. Dann lehnte Elena sich weit zurück, legte ihren Kopf neben seinen Hals an seine Schulter, und als er zu ihr hinschaute, bemerkte er, daß sie die Augen geschlossen hatte. Die wieder mit Schnee angefüllten Fuhrwerksspuren und Fußstapfen, darunter auch die des Vaters, zeigten sich noch schwach. David bremste die Fahrt etwas ab, denn er sah die engen Biegungen auf sich zufliegen und lenkte hinein in die erste Kurve.

Der Schlitten schlingerte seitlich entlang der kleinen Böschung, trieb zum Rand hin und drohte beinahe umzustürzen. David machte sich bereit für die folgende Biegung, bremste die erneut zunehmende Fahrt mit den Füßen, fühlte den aufspritzenden Schnee im Gesicht, umfaßte Elenas Schultern und zog sie mit auf die Seite, um die Lenkbewegung durch die Verlagerung der Körper zu unterstützen. Nun wies der Weg seine abschüssigste Stelle auf. Eine leichte Krümmung führte nach rechts am Hang entlang und ging dann über in eine lange, gerade Strecke zur ebenen Talstraße hinunter. Noch vor der Biegung drehte Elena den Kopf zu ihm, so daß ihr Gesicht nun an seinem Hals zu liegen kam. Er spürte ihre warme Haut und die wehenden Haare. Jetzt nahm er die Füße aus dem Schnee und stellte sie auf die Kufen. Der Schlitten glitt nun ungebremst die steile Abfahrt geradeaus ins Tal hinab. Auf der linken Seite flog der lichte Bannwald vorüber, während zur Rechten das Weiß der Wiesen mit den dunklen Pfosten des Zaunes schemenhaft vorbeihuschten. David wagte kaum noch, den Kopf zu bewegen und sah nur geradeaus, um Elenas Gesicht nicht von seinem Hals zu verlieren. In höchster Geschwindigkeit erreichten sie die Talstraße. Die Fahrt wurde langsamer, der Schlitten schlingerte weniger und ging in ein weiches, langes Gleiten über, um schließlich in einer einzigen, lautlosen Bewegung zum Stillstand zu kommen. Für Sekunden fehlte jegliches Geräusch. David rührte sich nicht. Elena hielt ihr Gesicht an seinen Hals gedrückt. Jetzt, da der Fahrtwind fehlte, roch David ihr Haar. Elena richtete sich auf, wandte den Kopf etwas zur Seite.

„Wie schön", flüsterte sie und schwieg wieder. Dann drehte sie ihr Gesicht ganz zu ihm, und er blickte in ihre großen Augen, die oftmals eine ihm rätselhafte Ferne zu suchen schienen.

„Noch mal?" fragte sie. David nickte. Sie stiegen den Weg, für den sie etwas mehr als eine Viertelstunde brauchten, wieder empor und fuhren noch einige Male hinunter. Da David den Schlitten mit jeder Fahrt geschickter lenkte und den Verlauf der Kurven immer besser wußte, wurde seine Fahrt ständig verwegener. Doch wenn er auf den Schopf des Mädchens schaute, das vor ihm saß, verspürte er eine bange Scheu davor, ihm durch eine Unbedachtsamkeit weh zu tun und zügelte sich. Als sie zum letzten Mal nach oben stiegen, kroch die Dämmerung bereits mit ihnen aus dem Tal den Weg hinauf. Bevor David zum Elternhaus abbog, sah er, daß Elena noch etwas sagen wollte und zögerte. Doch sie schwieg und David sagte:

„Morgen ist das Weihnachtsspiel. Meine Mutter kommt wieder mit. Gehen wir wieder gemeinsam hin?"

Elena sagte, daß sie mitkomme und daß sie um vier Uhr warten werde am Milchkannen-Podest, denn dann wäre es Zeit zu gehen und ob er vier Uhr auch für eine gute Zeit hielte. David fragte sie, ob ihre Eltern das Weihnachtsspiel nicht sehen wollten. Elena antwortete, daß ihr Vater und ihre Mutter auch letztes Jahr nicht mitgekommen wären. Als David gehen wollte, bemerkte er, daß sie ihre Mütze nicht wieder aufgesetzt hatte. Sie nahm die Leine des Schlittens und zog ihn weiter den Weg aufwärts. Ein paarmal drehte sie sich um und David wartete, bis sie um die Biegung verschwunden war.

Für den nächsten Tag hatte Davids Mutter einen Zettel mit mancherlei Sachen geschrieben, die noch zu besorgen waren vor den bevorstehenden Weihnachtstagen. Schon in der Frühe wurde David durch Geräusche geweckt, die von unten zu ihm in sein Zimmer heraufdrangen. Er begleitete den Vater, der den Einkauf besorgen wollte und fuhr mit ihm auf dessen Schlitten den Weg hinab. Es wurde eine umsichtige und bedächtige Fahrt. Der Vater saß hinter ihm und übernahm das Lenken des Schlittens. Als sie auf dem Gegenhang bei den Pöhlers vorbeikamen, schlug Davids Herz schneller, aber niemand zeigte sich am Haus. Auf dem Rückweg gingen sie vorsichtig mit dem Schlitten, auf dem zwei bis an den Rand gefüllte große Taschen standen, abwärts. Der Vater hielt mit einer Hand die Taschen fest, während er neben dem Schlitten ging und ihn mit der Leine bremste. David half von hinten mit einem Strick, der um die Holzverstrebungen gebunden war. Am Pöhler-Haus blieb es auch jetzt ruhig, und sie kehrten nach zügigem Aufstieg, wobei David verstohlen die beiden engen Kurven nach Spuren von den gestrigen Schlittenfahrten absuchte, wieder zurück. Der Gedanke, daß er hier mit Elena hinuntergefahren war, ließ ihn eine lange Zeit nicht los. Wenn er daran dachte, fühlte er die fliegenden Haare an seinem Gesicht, und er sah die Rundung ihrer Wangen, an denen vorbei er nach vorne geblickt hatte beim Lenken.

Die Mutter trug bereits ihre bessere Kleidung, als sie in die Stube traten. David rannte noch einmal ums Haus herum in den Schuppen, um rasch noch das Holz zu stapeln, das er beim letzten Mal nicht weggeschafft hatte. Als er in sein Zimmer hochstieg, lagen auf dem Bett die von der Mutter für ihn herausgelegten Kleidungsstücke, wobei ihm die Wahl der Sachen nicht wichtig war, da der Hirtenumhang von den Schultern bis zu den Füßen reichte und kaum etwas von dem, was er darunter trug, zu sehen übrig ließ. Dann hantierte die Mutter am Herd. Sie aßen noch rasch, die Mutter suchte nach letzten Dingen, die mitzunehmen waren und hing dann David den Rucksack um, der auch im Sommer mit aufs Feld genommen wurde, um Brote und Kaffee hinzubringen. David wartete ungeduldig und als die Mutter endlich an der Haustür erschien, ging er eilig voraus.

Elena stand bereits am Milchkannen-Podest. Als Davids Mutter vor sie hintrat, stieg eine leichte Röte in Elenas Wangen. Die Mutter sprach ein paar Worte mit ihr, sah dann zu David und drängte zum Aufbruch. David bemerkte, daß Elena wieder keine Zöpfe hatte, sondern ihre Haare unter ihrer Mütze hochgesteckt trug.

Bald hörte David die Mutter angestrengt atmen. Sie war den Anstieg nicht gewöhnt und wurde zusehends langsamer, ächzte oft vernehmbar, gelangte jedoch bis zur Kammhöhe mit nur einer einzigen kurzen Rast. Seit geraumer Zeit war kein Schnee mehr gefallen. Die Sonne hatte, wenn sie tagsüber am höchsten stand, mit ihrer Wärme an den windgeschützten Stellen die Äste der Fichten und Tannen und auch die dunklen Gerippe der Laubbäume bereits beträchtlich vom Schnee befreit.

Auf der anderen Seite, den Weg hinunter, erholte sich die Mutter rasch und fand ihre Sprache wieder. Sie erzählte Elena von ihrer eigenen Schulzeit und von aufgeführten Wintermärchen, bei denen sie mitgespielt hatte. David kannte diese Erzählungen und schaute in den Wald oder zum Himmel, um Raubvögel zu entdecken, deren Rufe er hin und wieder hörte.

Als sie die Brücke im Tal erreichten, wo aus verschiedenen Richtungen die Wege zusammenliefen, mehrten sich kleinere und größere Gruppen von Eltern und Schülern, die dem Schulgebäude zustrebten. Die Dämmerung hatte bereits eingesetzt. Erstes Licht fiel aus den Fenstern des Schulhauses und gab ihm ein trutziges Aussehen in der herannahenden Kälte der Winternacht.

Drinnen empfing sie raunendes Stimmengewirr.
Bänke, Tische und Stühle wurden umhergetragen
und hierher und dorthin gestellt, um bald wieder
angehoben und an einen anderen Ort befördert zu
werden. Die Garderoben vermochten der Klei-
dermengen nicht Herr zu werden, und so wurden
erste Tische für das Ablegen der Mäntel herange-
schafft. Die Lehrerin war allgegenwärtig und
sorgte schließlich dafür, daß sich die unübersicht-
liche Wirrnis in geordnete Sitzreihen für die Zuschauer und die Unterbringung der auf ihren Auf-
tritt im Nebenraum wartenden Spielerschar auflö-
ste. David trug bereits den Hirtenumhang, um ihn
später nicht suchen zu müssen. Außerdem behielt
er so die Hände frei. Den Hirtenstab legte er der
Länge nach an die Wand des Raumes, in dem sie
sich bereithielten.

Elena hatte er für eine längere Zeit nicht mehr
gesehen. Doch dann stand sie auf einmal neben
ihm. Er schaute in ihr stilles und ruhiges Gesicht,
das ihm noch ernsthafter vorkam als sonst. Sie
hob nur kurz den Blick zu ihm, dann öffnete sie
den Mantel, unter dem ein weißes Kleid mit Blu-
menmustern und bauschigen Ärmeln, die an den
Handgelenken kleine Rüschen aufwiesen, zum
Vorschein kam. Um den Hals lag ein kleiner
Stehkragen, der von schmalen roten Bändern mit
einer ebenso roten breiten Schleife zusammen-
gehalten wurde. Sie legte den Mantel über einen
Tisch, zog mit schnellem Griff ihre Mütze herun-

ter und löste durch eine einzige Bewegung des Kopfes die Haarflut aus, die herunterglitt und Wangen und Hals umfloß und sich mit den Enden über die Schultern ausbreitete. David schaute voller Erstaunen unverwandt zu. Er erkannte Elena kaum noch, sah sie plötzlich wie eine Fremde. Elena schien das zu bemerken und blickte ihn wieder an. Sie trug das Buch in der Hand, aus dem sie vorlesen sollte. David hörte die Lehrerin draußen sprechen, es wurde leiser und dann hörte er nur noch die Stimme der Lehrerin. David schaute wieder auf Elena, die ihn jetzt wieder ansah. Da lächelte sie unvermittelt und es hatte fast den Anschein, als ob sie einen kleinen Schmerz verspürte. Sie stand ganz dicht bei ihm. David fühlte sich verwirrt durch ihre Nähe, die er anders empfand als sonst.

Die Lehrerin hatte aufgehört zu sprechen und kehrte zurück in den Raum. Sie legte den Finger auf die Lippen zum Zeichen des Schweigens. Dann berührte sie Elena kurz an der Schulter, worauf diese aus dem dämmerigen Raum hinaustrat in das Licht der kleinen, bühnenartigen Erhebung. Die Lehrerin zog die Tür zu bis zu einem schmalen Durchlaß, so daß der Raum wieder nur matt durch eine schwache Lampe an der Rückseite erhellt war.

David drängte sich weiter nach vorne, bis er neben der Lehrerin stand. Er sah Elena, wie sie am Vorlesetisch saß in ihrem weißen Kleid, das ihre Beine bis zu den Waden bedeckte. Zum ersten Mal bemerkte David, daß sie ihre Füße, die in hellen Schnallenschuhen steckten, nebeneinander nach vorne unter den Tisch gestellt hatte und nicht nach hinten gebogen oder um die Stuhlbeine gehakt, wie er es im Unterricht bei sich und den anderen gewohnt war. Ihre Haare lagen über dem Stehkragen und fielen seitlich an ihrem Kopf herunter, so daß David nur einen Teil der Wange und der Stirn sehen konnte.

Elena las die Geschichte von der armen Familie vor, der am Heiligen Abend eine Fee erschien. Die Fee konnte nur einen einzigen Wunsch erfüllen und der durfte nicht aus Geld und Gut bestehen. Da wünschte sich der Sohn, den die Fee auserwählt hatte, daß er ganz allein die Sprache der Tiere verstehen könne.

David schaute auf die vornübergeneigte kleine Gestalt, die sich hin und wieder die nach vorne drängenden Haare aus der Stirn strich, sah die Hand und den ausgestreckten Finger, der die Zeilen entlangfuhr und hörte die helle Stimme, die den Text in einer eigenwilligen, berührenden Weise vortrug. Elena stockte an keiner Stelle. Beim Umblättern hob sie den Kopf, um gleichwohl ohne Unterbrechung weiterzulesen. David hörte ihre Stimme, doch die erzählte Geschichte mit ihren Worten und Sätzen, die er kannte, verschwand für ihn zu einem unverständlichen Inhalt. Er vernahm nur den Klang der Stimme, die von dieser schmächtigen, unscheinbaren Gestalt ausging und im Raum zu schweben und ihn mehr und mehr wie eine ferne Melodie auszufüllen schien. Aus den Augenwinkeln bemerkte er, daß ihn die Lehrerin betrachtete. Er wendete sich ihr kurz zu, drehte sich jedoch sogleich wieder in die Richtung des schmalen Türspalts.

Als Elena die Geschichte bis zur vorgesehenen Seite gelesen hatte, stand sie auf, machte einen Knicks, bei dem das weiße Kleid um ihre Beine wippte und ihre Haare sich wie durch einen Windhauch bewegten. David hörte klatschende Hände, dann kam Elena auf den Türspalt zu, das Buch an sich gedrückt. Die Lehrerin zog die Tür auf und schloß sie sofort wieder hinter Elena, deren Gesicht eine auch in dem nur spärlich beleuchteten Raum wahrnehmbare leichte Röte überzog. David sah zu ihr hin, die Lehrerin sprach flüsternd lobende Worte und fuhr ihr mit der Hand übers Haar. Elenas Blick irrlichterte umher, bis er auf David haften blieb, der sie ununterbrochen anschaute. Sie wirkte wie abwesend. David faßte sich und versuchte ein Lächeln, das sie wie eine Erwachende erst nach Sekunden schwach erwiderte. Dann betraten sie gemeinsam mit allen anderen die Bühne, nachdem Elena noch rasch ihr Engelsgewand übergestreift hatte.

David konnte im abgedunkelten Bereich des Raumes nur die ersten Reihen der Zuschauer erkennen. Er beobachtete das Heilige Paar und die Krippe, suchte dann nach Elena, die sich mit den anderen Engeln nahe der Krippe aufhielt und sich mit ihnen in einem Reigen zu drehen begann, während er mit den weiteren Hirten die Krippe zu betrachten hatte, um gemeinsam mit ihnen hin und wieder ängstliche Rufe und Lobpreisungen anzustimmen.

Nur wenige Stellen der Aufführung gerieten nicht richtig. Leises Vorsagen, das bei manchen Proben noch häufig notwendig gewesen war, hörte David kaum.

Nachdem sie den Schluß der Darbietungen erreicht hatten, verließen alle wieder die Bühne unter dem Beifall der Zuschauer.

Elena entledigte sich nun des Engelsgewands, ordnete ihre Haare, glättete ihr Kleid und ging wieder mit dem großen Buch hinaus, während die Lehrerin die Türe erneut bis auf einen Spalt zuzog und durch ein leises Zischen zur Ruhe mahnte. David stand wieder neben ihr und schaute Elena zu, die nun die Geschichte von dem Jungen, der, nachdem die Fee seinen Wunsch erfüllt hatte, die Sprache der Tiere zu verstehen, bis zum Ende weiterlas. Er versuchte Elenas Wandlung zu begreifen, die sich vor seinen Augen vollzogen hatte. Es schien ihm, daß sie in den letzten Tagen, doch so viel mehr noch in den vergangenen Stunden eine geheimnisvolle Veränderung erfahren hatte und ihm war, als ob er nicht mehr Elena, seine Freundin und Spielgefährtin, sah, die er bisher gekannt hatte. Zum ersten Mal empfand er etwas wie eine leise Furcht vor ihr.

Elena schloß das Buch, stand auf, machte wieder einen Knicks und kam unter dem Klatschen der Zuschauer zurück in ihren Raum. Anschließend gingen alle erneut auf die Bühne, ohne die Gewänder des Weihnachtsspiels anzulegen. Aus den Bänken der Zuschauer begaben sich noch die wenigen Mädchen und Jungen zu ihnen herauf, die nicht mitgespielt hatten, um gemeinsam mit ihnen das Weihnachtslied anzustimmen, das den Abend beschließen sollte. Wie in jedem Jahr sangen sie „Leise rieselt der Schnee" und nicht „Stille Nacht", weil die Lehrerin vom Klavier aus wieder erklärt hatte, daß die Heilige Nacht nicht in der heutigen Nacht stattfinde, sondern erst einige Nächte später. Während sie sangen, dachte David, auch wenn er es nicht wollte, an das Lied mit der blauen Blume und sah suchend nach Elena. Sie stand in ihrem weißen, geblümten Kleid in der Gruppe der Mädchen, die sich seitlich aufgestellt hatte. Während sie sang, schaute sie in seine Richtung. Obwohl er umringt war von anderen Jungen, fühlte er ihre Augen fast wie eine körperliche Berührung an sich.

Nach dem Ende der Aufführung begannen sogleich die ersten Aufräumungen, von denen die Lehrerin ungeachtet der feierlichen Stimmung, die sich nun aller bemächtigt hatte, nicht ablassen wollte.

Inzwischen war die Zeit weit fortgeschritten. Durch die Fenster fiel das Schwarz der beginnenden Nacht. Davids Mutter drängte bald zum Aufbruch, nachdem sie den Verlauf des Weihnachtsspiels gepriesen und Elenas Vorlesen in ganz besonderer Weise gelobt hatte und immer wieder bekundete, daß sie selbst es niemals so gut vermocht hätte.

Die Uhr über der Eingangspforte zeigte zwei Stunden vor Mitternacht, als sie das Schulgelände verließen und über die Brücke in den Waldweg bogen. Außer ihnen ging niemand hier hinauf. Im Nu tauchten sie aus der soeben noch erfahrenen Betriebsamkeit in eine wie verloren wirkende Ödnis ein. Unter ihren Schritten gab der gefrorene Schnee knirschende Geräusche ab. David überlegte, ob es ähnlich klang, wenn sie im Herbst große Boviste auf den Wiesen zertraten.

Nach der Wärme im Innern des Schulhauses schauderten sie nun in der frostigen Luft, und erst nachdem sie eine Weile angestiegen waren, machte die zunehmende Anstrengung die Kälte vergessen. Über ihnen vollzog sich an einem wolkenlosen schwarzen Himmel ein einziges endloses, lautloses Flimmern und Glitzern und Funkeln.

David ging voran, die Mutter und Elena folgten ihm dichtauf. Als er die Mutter heftiger atmen hörte, verlangsamte er die Schritte. Das Sternenlicht verbreitete eine eigentümliche Dämmerung über dem Schnee, so daß sie trotz der Dunkelheit ringsum den Weg ein Stück nach vorne einsehen konnten. Als sie ein einziges Mal auf Wunsch der Mutter anhielten, war außer ihrem gemeinsamen Atmen kein weiteres Geräusch zu vernehmen. Elena stand ganz nah bei ihm, sie hatte kein Wort mehr gesprochen, seitdem sie aufgebrochen waren. Lauschend wandte sie den Kopf in alle Richtungen. Sie hatte ihre Haare wieder unter der Mütze hochgesteckt, die ihre Ohren bedeckte.

An einer Stelle rückten die Bäume ganz eng an den Wegrand heran, so daß es beim Näherkommen wirkte, als ob sie sich auf ein schwarzes Tor zubewegten. Auf der Kammhöhe blickte David zurück den Weg hinab, den sie gegangen waren. Immer, wenn er diesen Weg in der Dunkelheit ging, schien ihm dort, wo die Augen nicht mehr weiterreichten, eine andere Düsternis zu sein als in der Nähe, und er empfand dabei das Gefühl einer unbestimmten Bangigkeit.

Schweigend setzten sie ihren Weg fort. Ein einziges Mal zupfte Elena an seinem Ärmel, und er hörte sie wispern: „Hier war es", als sie dorthin kamen, wo David im Schnee versunken war.

Am Milchkannen-Podest nahm die Mutter Davids Rucksack und trug ihm auf, mit Elena noch den Weg weiterzugehen, um sich dann in die Richtung zu ihrem eigenen Haus zu wenden. Nach der Hälfte des Weges blieb Elena stehen, sah zu ihrem Elternhaus, dann blickte sie David an. Sie standen unweit des Baumes, von dem aus er manchmal zu Elenas Fenster hinschaute. Da bemerkte David, daß seine Spuren am Fuße des Stammes deutlich zu sehen waren.

„Wollen wir uns am Weihnachtstag treffen?" fragte Elena.

Ein glückhaftes Lächeln zeigte sich auf ihrem

Gesicht.

„Es war schön heute", fuhr sie fort, „so schön."

„Am übernächsten Tag ist Weihnachtsabend", überlegte David. „Ja, am ersten Tag geht es gut", sagte er dann, „da kommen die Forsters wohl wieder zu uns. Nach dem Essen, da könnte ich weg."

„Ich krieg' Schlittschuhe, welche mit weißen Schuhen. Weiß nicht, ob ich's kann."

Elenas Stimme klang wie bittend.

„Ich möchte es versuchen, wäre schön, wenn du dabei bist", sagte sie weiter.

„Am besten unten am Bach, da, wo er in den Wald dreht, bei der großen Schleife, da ist er am breitesten", antwortete David, „da liegt auch nicht mehr so viel Schnee auf dem Eis."

„Um zwei Uhr?" fragte Elena.

„Und wo?" erwiderte David, „am Podest?"

Elena nickte.

„Gehst du zu Anita?" fragte sie dann plötzlich.

David überlegte einen Moment lang. Ohne sich dessen bewußt zu sein, nahm er die große Not in ihren Augen wahr.

„Nein", beschied er und gab seiner Stimme einen festen Ton, „ich werd' nicht hingehen. Außerdem ist es ziemlich weit zu ihr."

Als er so gesprochen hatte, wußte er, daß es nicht gut gewesen war und fügte hinzu:

„Mit dir ist es schöner."

Erschrocken über seine Worte schwieg er.

„Geh' jetzt", flüsterte sie nun, „bis zum Weihnachtstag um zwei."

David suchte in ihrem in der Dunkelheit wie von einer Blässe überzogenen Gesicht nach den Augen, da hob sie das Gesicht zum Himmel hinauf, so daß die winzige Helligkeit, die vom Sternenlicht ausging, auf ihr Antlitz fiel und er hineinschauen konnte.

„Geh' jetzt", flüstert sie abermals.

David wandte sich zum Gehen, auch Elena drehte sich um und entfernte sich den Weg hinunter. Nach wenigen Schritten blieb David stehen und schaute ihr nach im zunehmenden Dunkel der Winternacht. Als sie schon eine beträchtliche Strecke von ihm fort angelangt war, blickte sie sich kurz um, dann stapfte sie weiter, bis sie nur noch schemenhaft zu erkennen war und schließlich mit der Düsternis verschwamm.

An der Biegung des Weges kehrte David um und ging wieder zum Baum. Nach kurzer Zeit flammte in Elenas Zimmer das Licht auf, und nur wenige Sekunden später war ihr Gesicht an der Fensterscheibe. Sie sah in die Dunkelheit hinaus, wandte dann das Gesicht zur Seite und schloß die Vorhänge. Als David sich bereits abwenden wollte, bewegten sich die Vorhänge erneut. Elenas Kopf erschien noch einmal am Fenster. Erschrocken glitt David in den Schutz des dicken Baumstammes. Sie schob die Vorhänge über ihrem Kopf so weit zusammen, daß sie besser ins Dunkle sehen konnte und verharrte reglos einige Minuten. David wagte nicht, sich zu bewegen.

Obwohl Elena ihm vertraut war, verspürte er jedesmal eine merkwürdige Angst vor der Entdeckung. Nachdem sie den Kopf wieder hinter die Vorhänge zurückgezogen hatte, rannte er rasch den Weg hinan. Als er noch einmal zum Fenster schaute, schien es ihm, als ob sich in diesem Augenblick einer der Vorhänge ein weiteres Mal bewegt hatte. Er war sich aber nicht sicher.

Am Tag vor Heiligabend blies ein starker Wind von den Höhen herab durch das Dorf und über die Wiesen, so daß der Schnee in Wolken aufstieg und wie ein weißer Schleier in der Luft hing. Von den hochliegenden Waldstücken drang ununterbrochen ein dumpfes Brausen bis zu den Häusern hinunter. Selbst im Tal stob der Schnee auf und drehte sich auf dem zugefrorenen Bach zu weißen Wirbeln, die über die dunkle Eisfläche kreisten.

Gleich morgens stieg David mit dem Vater in die Senke hinter dem Haus hinab, um auf der anderen Seite gleich zuunterst im Jungwald aus den ersten Reihen eine kleine Tanne für das Weihnachtszimmer zu schlagen. Der Schnee hatte sich unter dem Frost gesetzt, so daß sie oft wie durch eine dünne Eisdecke einbrachen, unter der ein pulvriger Schnee lag.

Um das Schmücken des Weihnachtsbaumes kümmerte sich die Mutter, während der Vater sich aufmachte, um vom Hof der Weerdts, die auch die Jagd betrieben, Fleisch zu besorgen.

David saß, nachdem er eine Weile an dem schon vor etlichen Wochen begonnenen Vogelhaus weitergebaut hatte, in seinem Zimmer über Büchern, die sich mit den Erdteilen und der frühzeitlichen Erdgeschichte befaßten. Er sah beim Lesen oft aus dem Fenster, um sich vorzustellen, wie hoch die Gletscher gewesen sein mochten, die sich an dem Ort, wo jetzt ihr Haus stand, aufgetürmt hatten und wie tief das Meer vielleicht gewesen war, das zu einer anderen Zeit hier existierte und ob es dunkles Wasser führte mit großen Untieren darin, die zum Fürchten schaurig waren.

An Heiligabend wurde der Wind immer stärker und wuchs zu einem böigen Sturm heran. Er hüllte das Haus in eine dichte Wolke aus Schneestaub, so daß oft kein Blick mehr nach draußen dringen konnte und war feinkörnig wie Sand, der schmerzend ins Gesicht fuhr.

Beim Abendessen hörte David, wie das Gebälk des Hauses unter dem Sturm ächzte. Häufig durchzog ein merkwürdiger klagender Ton die Räume, der ihm wie das ferne Winseln eines Tieres vorkam. Wenn er dann auffuhr, konnte er nicht herausfinden, auf welche Weise und wo das Geräusch entstanden war. Als die Lampen zu flackern begannen, stellte der Vater Kerzen bereit für den Fall, daß der Strom ausblieb.

Mit dem Beginn der Dämmerung brachte die Mutter das Weihnachtsmahl auf den Tisch. David beobachtete die Flammen der Kerzen, die sich manchmal zitternd sachte auf die Seite legten, nachdem die Fensterläden bei besonders starken Sturmgeräuschen gegeneinanderschlugen und ein wahrnehmbarer kühler Lufthauch durch das Haus strich.

David erhielt zum Heiligen Abend ein Buch über die Geschichte der Inkas geschenkt, ein Paar Stiefel mit schwarzem Fell, einen Laubsägekasten, dazu noch ein Mikroskop mit abgestuften Linsenaufsätzen und ein Fernglas, über das er sich am meisten freute und sogleich den nächsten Tag herbeisehnte, damit er ausprobieren konnte, wie nah die Stelle mit den Wildschweinen auf dem Gegenhang oder ein Habicht in der Luft damit zu sehen war.

Plötzlich und dann in immer kürzeren Zeitabständen, ohne sich dagegen zur Wehr setzen zu können, sah er Elenas Gesicht vor sich. Eine unbestimmbare Empfindung durchfuhr ihn, die ihm zu seiner Verwunderung eine bislang fremde sanfte Pein bereitete, die nicht richtig wehtat und doch ein wehes Gefühl in ihm wachrief. Lange vermochte er nicht einzuschlafen. Er lauschte dem Sturm und schreckte mehrfach aus dem Bett, um in die dunkle Nacht hinauszublicken.

Als David am nächsten Morgen erwachte, war es eigentümlich still ums Haus. Der stürmische Wind hatte sich gelegt. Er sprang die Stiege hinab, ohne sich anzuziehen, stieß beinahe mit der Mutter zusammen, die mit dem Anzünden des Herdfeuers beschäftigt war und ergriff das Fernglas. Den Vater hörte er draußen, wie er die vom Sturm verwehten Fußwege am Haus wieder freischaufelte.

David stützte die Arme auf den Tisch vor seinem Fenster und setzte zum ersten Mal das Fernglas an die Augen. Er drehte an den Einstellringen, und dann wuchs wie aus einer nebelhaften Ferne der Gegenhang in immer klareren Abbildungen auf ihn zu, bis er selbst die Äste der Bäume und darauf sitzende Vögel ausmachen konnte.

Obwohl keine Wolken zu sehen waren, lag kein Sonnenlicht auf den Anhöhen und hochgelegenen Wäldern. Es schien, als ob sich etwas Dunkles vor die aufgehende Sonne geschoben hatte und ihr Licht zurückhalten wollte.

Schon bald zogen Kochgerüche durch das Haus, als die Mutter mit der Zubereitung des bevorstehenden Weihnachtsessens begann. Um die Mittagszeit trafen die Forsters ein, worauf sofort ein reges Erzählen das Haus erfüllte. David wurde von einer zunehmenden Unruhe ergriffen, die sich auch während des Essens fortsetzte. Immer wieder blickte er zu der großen Wanduhr in der Stube. Den Augen der Mutter entging seine Unrast nicht, währen der Vater in Unterhaltungen mit den Besuchern vertieft war.

„Elena?" fragte sie in einem Moment, als nur David es hören konnte.

David nickte.

„Dann lauf", sagte sie und ging zum Schrank, um weiteres Geschirr einzuräumen. David hastete hinaus in den Flur, langte nach seiner Joppe und rannte hinaus so schnell er konnte, den Pfad entlang um die kleine Biegung herum auf den Fahrweg. Er entdeckte Elena schon von weitem. Sie saß auf dem schneefreien Teil des Milchkannen-Podests und schaute in seine Richtung. Unter der Mütze, die sie auch am Abend des Weihnachtsspiels trug, hatte sie ihre Haare wieder hochgesteckt, ohne daß sie zu Zöpfen geflochten waren. Als er sich näherte, erhob sie sich, nahm die zusammengebundenen Schlittschuhe auf und kam ihm entgegen.

Zum ersten Mal sah David nicht das Gesicht von Elena, sondern das Gesicht des Mädchens. Sie schien zu spüren, daß etwas Seltsames in ihm vorging und ihre Augen ruhten voll stillen Erstaunens auf ihm.

„Das sind sie", sagte sie und hob den Arm, an dem die Schlittschuhe sich an den Schnüren langsam drehten. David nahm sie schweigend in Augenschein, besonders die Kufen, und bot sich dann an, die Schlittschuhe bis zum Bach zu tragen.

Sie gingen ein Stück des Weges zurück, den Elena gekommen war, kürzten dann über die Wiesen ab, um wieder auf den Weg zu gelangen, der hinunter in das dicht vom Wald umstandene Tal führte, durch das sich der Bach nahe der gegenüberliegenden Talgrenze wand und an einigen

Stellen von Baumreihen gesäumt wurde.

Während des ganzen Tages war es nicht richtig hell geworden. Sie querten das Tal und gingen dorthin, wo der Bach offen zur Wiese hin lag und sich am Fuß des Waldhangs zu einer großen Kehre verbreiterte. Der Himmel wölbte sich bleigrau über sie. Als sie sich näherten, sahen sie das dunkle Eis. Der Sturm hatte den Schnee an die Böschungen und in den schmalen Bachlauf am Ende der breiten Eisfläche gedrückt.

Einen Augenblick standen sie unschlüssig am Wiesenrand, der zum Bach abfiel. Dann betrat David das Eis. Es war glatt, fast gänzlich ohne Rippen und Luftblasen, und unter ihm war alles tiefschwarz, wie sie es kannten. Er rutschte ein paarmal hin und her.

„Es geht gut", befand er zufrieden. „Komm', versuch's", sagte er zu Elena, die zögerte.

„Ich kann's noch nicht", gab sie zur Antwort.

„Du wirst sehen, wie schnell du's lernst. Ich halte dich dabei", sagte David.

Elena stieg von der Wiesenböschung hinab und trat mit einem tastenden Schritt auf die Eisfläche. David umfing sie mit den Armen und hielt sie fest. Dann setzte sie sich auf das Eis und hob den Mantelsaum bis zu den Knien. Angestrengt zog sie ihre Stiefel aus, um sich die Schlittschuhe überzuziehen. David kniete vor sie hin und packte mit an. Beim Zuschnüren drückte er den Finger auf die Schuhkordel, als sie die Schleifen band. Dabei berührte sie ihn mit ihren Fingern. David hob den Blick, schaute auf ihre Augenlider mit den dunklen Wimpern, die er noch nie aus dieser Nähe gesehen hatte. Da schlug Elena die Augen auf zu ihm, und ein banges Lächeln glitt über ihr Gesicht.

Sie rutschte nun auf die Knie, David faßte ihre Hände und zog sie nach oben. Schwankend stand sie auf den Kufen. Er hielt sie fest. Sie lachten beide, mühsam das Gleichgewicht wahrend. Dann machte sie die ersten Schritte, von David gestützt. Er spürte ihre krampfhaft an ihn geklammerten Hände, die mehrmals nachgriffen, wenn sie das Gleichgewicht verlor oder er ihr zu entgleiten drohte. Immer, wenn dies geschah, vernahm er einen Laut, der wie leises Klagen an sein Ohr drang. David geriet nun selbst ins Straucheln, glitt nach unten, hielt Elena fest dabei und drückte sich unter sie, um sie vorm Sturz aufs Eis zu schützen. Sie sank über ihm zusammen mit einem erschrockenen Ausruf, dann lachte sie, immer mehr und David lachte unter ihr und dann lachten sie beide, blickten sich an, verstummten, um erneut loszulachen.

David half ihr wieder hoch. Sie überwand sich zu weiteren staksigen Schritten, wiederum noch an Davids Händen, der rückwärts vor ihr mit flachen, gleitenden Schritten über das Eis ging. Nach geraumer Zeit hielt er sie nur noch an einer Hand, und sie wagte die ersten Ausholschritte, um sich abzustoßen. Als sie verschnaufen wollte, setzte sie sich auf die Böschung. David rutschte nun in langen Bahnen über die Eisfläche, holte zu einem immer weiteren Anlauf aus. Die Glätte des Eises drehte ihn während des Gleitens um die eigene Achse, und er querte mit einem einzigen Anlauf die gesamte Breite der Fläche.

Elena kam wieder aufs Eis. Sie lief nun alleine, ohne Davids Hand. Er war dicht bei ihr, hielt die Hände zum Auffangen bereit. Doch sie bedurfte der Hilfe kaum mehr.

„Siehst du, es geht schneller als du denkst", sagte David. Elena lachte mit gepreßtem Atem, er hörte ihr die Anstrengung an. David ließ jetzt einen größeren Abstand zwischen ihr und sich, rutschte neben ihr über die Eisfläche, um immer wieder zu ihr hinzusehen. Elena wurde sicherer, das anfängliche Schwanken verschwand fast gänzlich. Sie glitt geradeaus, stieß sich an der Wiesenböschung ab und fuhr zur anderen Seite, wo der Wald bis an das Eis heranreichte, um von dort wieder zurückzukehren. David umkreiste sie, lief voraus oder hinter ihr her, versuchte dann, an ihr vorbeizurutschen. Mit einer übermütigen Bewegung zog Elena ihre Mütze vom Kopf herunter und warf sie über das Eis. Sogleich fielen ihre Haare herab über den Mantelkragen.

An der Böschung entdeckte David eine seltsame Erhebung unter der Schneedecke, die ihn wie eine Tiergestalt anmutete. Als er sich dahin bewegte, drang auf einmal ein leises Geräusch durch die Stille, zugleich durchlief ein kaum wahrnehmbares Zittern das Eis. David schaute auf, konnte jedoch nicht sofort feststellen, was die Ursache hierfür war. Dann sah er Elena, die am Ende der breiten Eisfläche stand, wo der Bach seinen Lauf zwischen den Bäumen fortsetzte. David hörte ein leises Splittern, wie zerbrechendes Glas. Elena warf den Kopf zu ihm herum, die Augen auf ihn gerichtet und versank langsam, ohne jeden Laut, im Eis. Als dieses schon an ihre Schultern reichte, hob sie die Arme, ihre Hände griffen nach dem Rand der Einbruchöffnung, dann nahm die Strömung sie mit unter das Eis.

David stand reglos, die Luft um ihn schien zu vibrieren, sie war ihm glutheiß und von eisiger Kälte zugleich. Er blickte, unfähig sich zu bewegen, dorthin, wo Elena gewesen war, wo sie soeben noch zu ihm hergeschaut hatte. Nicht der geringste Laut war mehr zu hören, das kleine Tal und Davids Welt lagen wie durch einen sekundenschnellen Eishauch in völliger Betäubung. In Davids Innerstem schrie eine Stimme, daß er aufwachen wollte aus diesem Traum, eine Stimme, die schrie: „Elena, wo ist Elena, wo bist du, Elena, wo bist du, bitte sei wieder da! Komm' zurück aus dem schwarzen Wasser! Bitte komm' wieder, bitte, bitte, Elena, sei doch wieder da!"

David sank auf die Knie, eine lähmende Schwäche überkam ihn. Er starrte auf die Öffnung im Eis, in der Elena versunken war. Kleine Schollen bewegten sich auf dem dunklen Wasser. Sie wurden von der Strömung immer wieder gegen den Rand des Eises gedrückt, an dem Elena sich festzuhalten versucht hatte. David blickte umher, an seinen Augen fuhren wie ein rasendes Karussell im Wechsel der Wald, dann die weite Fläche der Wiese vorüber. Er flehte nach Hilfe, von den Bäumen, von den Wolken, von den Tieren. Was war geschehen, wo war Elena? Sie konnte nicht fort sein, dort unter dem Eis. Wo war sie? Es traf ihn wie ein Schlag in den Leib, als er zu begreifen begann, daß Elena dort starb, wo er hinschaute. Er fuhr auf, lief zu der Einbruchstelle, sah zwischen den Eisschollen das schwarze Wasser, sah die freigelegte Strömung, die lautlos und in winzigen Strudeln sich drehend unter das Eis floß, das Elena nun unter sich bedeckt hielt. Dann schrie David, schrie, er schrie, wie er noch niemals geschrien hatte, ein einziger Ausdruck seiner Qual, die ihn besinnungslos zu machen schien. Er lief dahin, wo Elena sein mußte, unter der Eisdecke dort, wo der Bach sich fortsetzte, er schaute auf das Eis, auf die Schwärze darunter, warf sich auf das Eis, schlug in verzweifelter Wut darauf ein, ohne daß er Schmerzen in den Fäusten empfand, wieder und wieder. Er suchte die Tiefe unter dem Eis mit den Augen ab und sah doch nichts als die undurchdringliche Finsternis, deren Anblick ihn vor Angst würgte. Er sprang hoch, stampfte, sprang, sprang immer wieder, trat das Eis mit den Füßen, bis ihm die Kräfte schwanden. Dann brach er in die Knie, der Körper bog sich wie unter einer unsichtbaren Last und er sank vornüber, bis er ausgestreckt lag, das

Gesicht auf das Eis gepreßt, so als wollte er es mit seiner Wärme zum Schmilzen bringen. David betete, flehte den Heiland an, daß er alles ungeschehen mache, daß alles nicht wirklich sei, daß er erwachen möchte, daß alles wieder wie vorher sei, daß er Elena zurückhaben möchte, daß Elena, wenn er sich aufrichte, vor ihm stünde mit ihrem scheuen Lächeln und er ganz fest versprechen wollte, das Eis des Baches niemals mehr zu betreten. Er schloß die Augen, um einzuschlafen, damit er aufwachen konnte aus diesem schrecklichen Traum. Doch es gab keine Fügung, keine Macht, nicht über den Wipfeln, nicht im Schoß der Erde, die aufzuhalten vermochte, was sich nur einzig an diesem einen Ort unaufhaltsam erfüllte.

David erhob sich und stand schwankend. Als er die zersplitterte Öffnung im Eis erblickte, befiel ihn eine peinigende Übelkeit. Er lief hinüber zur Wiese und sah dabei Elenas Mütze, die sie sich vom Kopf heruntergezogen und auf das Eis geworfen hatte. Er hob sie auf, schaute auf sie herab in seinen Händen und fühlte, wie es hineintropfte, wie sich ein nicht versiegen wollender Strom aus seinen Augen löste. Er hielt den Atem an und lauschte nach ihr, nach einem Geräusch von ihr. Wie unter einer Eingebung rannte er weiter nach vorne, dem Bachlauf folgend, voller Hoffnung, daß Elena eine kurze Strecke bachabwärts dem Eis entkommen war und in einer Biegung an einer eisfreien Stelle die Böschung erreicht hatte. Doch die zugefrorenen Windungen des Baches

erstreckten sich unter einer unversehrten Schneedecke durch die Baumreihen hindurch, so weit
seine Augen reichten.

David lief über die Wiese zur Talstraße, lief den
Weg zum Dorf hinauf, lief ohne eine Erschöpfung zu empfinden, weiter über die Wiesen, sah
das Haus seiner Eltern wie unwirklich auf sich
zukommen, so als ob sich dieses Haus ihm selb-
ständig näherte. Er stolperte die Stufen hoch, fiel
gegen die Tür, riß sie auf, die Mutter blickte ihn
mit vor Schrecken geweiteten Augen an. David
schrie, murmelte leise vor sich hin, um dann zu
verstummen. Der Vater eilte hinzu, zog ihn an der
Schulter zu sich herum und ließ ihn dann los,
warf sich eine Jacke über und verließ das Haus.

David war auf einem Stuhl zusammengesunken.
Die Mutter stand bei ihm. Er spürte ihre Hand an
seinem Kopf, an seiner Schulter, dann stellte sie
sich neben ihn. David wandte sich zu ihr, um-
schlang sie mit den Armen und preßte sein Gesicht an sie. Die Mutter schwieg. David wurde
wie von Krämpfen geschüttelt. Er begann zu sagen, was geschehen war, stieß die Worte hervor
in hastigen Sätzen, stockte, hob neu an, um mit
sich überschlagender Stimme zu berichten. In
sich gekehrt, blieb er eine Zeitlang reglos sitzen,
nur hin und wieder den Kopf hebend. Die Mutter
stand stumm an ihrem Platz und rührte sich nicht.
Plötzlich sprang er auf, stieß sie zur Seite und
stürzte aus dem Haus.

David rannte wieder ins Tal, zum Bach hinunter. Je näher er kam, umso schneller trieb es ihn vorwärts. Bereits von weitem nahm er Gestalten am Bach wahr, die sich dunkel von der weißen Landschaft abhoben. David lief weiter darauf zu, verlangsamte dann den Lauf und blieb schließlich stehen. Er erkannte den Vater mit noch anderen Männern aus dem Dorf. Auch Elenas Vater war darunter. Er vernahm dumpfe Schläge auf das Eis, sah eine Axt, die auf- und niederfuhr, hörte das Gurgeln von Wasser. Einige Männer schauten zu ihm, wendeten sich dann wieder um. David verharrte, wo er stand. Er sah einen Mann, der sich tief im Wasser befand, von einem Seil um- schlungen, das andere Männer hielten. Auf dem Eis war ein Mann, der mit der Axt schlug und schlug, innehielt, dann weiterschlug. David ging noch näher auf die Männer zu. Der Mann im Wasser griff nach unten, zog etwas Dunkles zum Rand der Eisfläche und versuchte, es über die Kante zu heben. Von oben packten Hände zu, und dann lag eine Gestalt reglos auf dem Eis.

Davids Herz krampfte sich zusammen, als er mitansah, wie sie Elena nun an den Armen und Beinen faßten und zur Böschung trugen. Ihr Kopf bog sich weit nach hinten, der Mund war geöffnet und die Haare hingen wie in einer einzigen Sträh- ne herunter und schleiften über die Eisfläche. Einer der Männer drehte sich um, als er David aufschluchzen hörte. Sie legten den Körper in den Schnee, einer beugte sich über Elena, drückte auf ihre Brust, öffnete ihren Mantel, legte den Kopf auf ihre Brust, fuhr mit den Fingern in ihren Mund, blickte nach oben zu den Umstehenden, schüttelte den Kopf, drückte mit beiden Händen abermals auf Elenas Brust, immer und immer wieder, mit raschen, stoßenden Bewegungen, legte seinen Kopf wie horchend auf ihren Leib. Dann hielt er inne, erhob sich und redete mit den anderen Männern.

David war seitlich an sie herangetreten, sah an ihnen vorbei zu Elena hin, die ausgestreckt auf dem Rücken im Schnee lag. Ihr Anblick löste eine bewegungslose Starre in ihm aus. Elenas Mund war wie zu einem Schrei aufgerissen, die Augen standen weit geöffnet. Durch die nasse Kleidung hindurch zeichneten sich die Konturen des Körpers ab. Der Saum ihres grünen Kleides, das er noch nicht an ihr gesehen hatte, war hochgerutscht und gab ein Stück der nackten Waden frei. An den Füßen trug sie die weißen Schlittschuhe.

Dann war der Vater bei ihm und zog ihn fort. Die anderen Männer folgten ihnen. Der Vater sprach mit David, stellte ihm Fragen, auch die anderen Männer waren um ihn herum, redeten auf ihn ein. David kannte sie, sie kamen alle aus dem Dorf. Elenas Vater trat hinzu, schaute David an, sagte jedoch nichts und wandte sich wieder Elena zu.

David begann zu zittern. Vergeblich versuchte er es zu verbergen. Wie unter Fieberschauern erbebte sein Körper in immer stärkeren Bewegungen. Der Vater beugte sich zu ihm und zog ihn an sich mit einem festen, fast schmerzhaften Griff. David hörte, wie er über seinen Kopf hinweg mit den Männern sprach. Er wollte zu Elena schauen, doch der Vater hielt seinen Kopf fest zwischen beiden Händen, bog dann sein Gesicht zu ihm empor. Er sah in das ernste Gesicht des Vaters, der mit ruhiger Stimme auf ihn einsprach, aber David verstand nicht, was er sagte.

Der Vater nahm ihn bei der Hand und zog ihn weiter mit sich fort. David wendete den Kopf zum Bach, zu Elena hin, wehrte sich gegen den Vater, dann erlahmte seine Kraft und der Vater lockerte den Griff. Sie gingen über die Wiese zurück zur Talstraße. Bevor sie den Weg zum Dorf erreichten, blickte David noch einmal zum Bach hinüber und sah die auf der weißen Fläche hingestreckte kleine Gestalt. Doch der Vater führte ihn weiter fort und ließ seine Hand nicht mehr los, bis sie am Haus angekommen waren.

Als David die Mutter anschaute, bemerkte er, daß sie geweint hatte. Er stieg nicht hoch zu seinem Zimmer, sondern blieb bei den Eltern in der Stube. Später entzündete der Vater die Kerzen am Weihnachtsbaum, dabei erzählte er von früheren Wintern und davon, daß selbst hungrige Füchse bis ans Haus gekommen waren, um hier an Futter zu gelangen. David saß schweigend da. Er nahm das Buch über die Inkas und blätterte darin. Wie in einem Tagtraum schreckte er mitunter in die Höhe, so als ob er eine plötzliche Wahrnehmung habe. Er schlief für Minuten ein auf seinem Stuhl, erwachte in einer ruckhaften Bewegung, sah wie suchend um sich, um im selben Augenblick wieder in sich zusammenzusinken.

Bevor sie sich zum Schlafen legten, bereitete die Mutter in einem Kupferkessel über dem offenen Feuer ein heißes Getränk zu, dessen Geruch das ganze Haus erfüllte. David trank zwei Becher. Auch die Eltern nahmen das Getränk zu sich. Nicht lange danach verlöschten die Lichter im Haus. Zuletzt hörte David die Mutter auf der Stiege, wie sie seine Zimmertür und bald darauf auch alle anderen Türen öffnete.

Nach dem Erwachen in der Frühe des nächsten Morgens blieb David wie benommen liegen. Einen Moment lang betäubte ihn der Gedanke, daß ein Albtraum ihn gequält habe, den er nun aufatmend wie eine unerträgliche Last abschütteln könnte. Doch dann kehrte die Wirklichkeit in ihn zurück. Die Mutter hörte von der Stiege her sekundenlang ein leises Wimmern, das wie der Wehlaut eines jungen Tieres klang, und sie griff sich ans Herz dabei.

David saß schweigend am Frühstückstisch. Es hatte wieder zu schneien begonnen. Er blickte aus dem Fenster in die Flocken, die in einem fort niedersanken und das Haus wie in eine Nebelwolke hüllten.

„Wo ist Elena jetzt?" fragte David.

Der Vater räusperte sich, bevor er antwortete:

„Elena ist zu Hause, in ihrem Elternhaus."

Durch Davids Körper lief ein Zittern. Er fragte nicht weiter. Dann ging er mit dem Vater nach draußen, um den Neuschnee aus den Wegen um das Haus zu schaufeln. Dabei erzählte der Vater, wie das Haus dereinst gebaut worden war und welche Menschen dabei geholfen hatten.

Es schneite ununterbrochen weiter. Kein Windhauch bewegte die Luft. Die Schneeflocken sanken geräuschlos und langsam nieder, wurden spurlos aufgenommen von den weißen Polstern, die alle Wege, den Garten, jeden Pfosten bedeckten und weiter in die Höhe wuchsen. David wandte immer wieder den Kopf dorthin, wo Elenas Elternhaus lag, auch wenn er nur wenig mehr als ein paar Schritte weit sehen konnte.

Am Nachmittag kam ein Polizeibeamter vom Tal herauf. David mußte ihm berichten, was am Bach geschehen war. Der Vater saß mit am Tisch, sprach jedoch kein Wort.

Als der Mann wieder gegangen war, stieg David zu seinem Zimmer hinauf. Er zog die Vorhänge bis ans äußerste Ende des Fensters. Der Schnee fiel nun weniger dicht, und er konnte auf der gegenüberliegenden Talseite bereits wieder dunkle und weiße Umrisse erkennen. Wenn er das Fernglas nahm, verlor sich der Blick im Gewirr der fallenden Flocken.

David kleidete sich an. Noch bevor er die Tür nach draußen öffnen konnte, stand der Vater neben ihm. David sagte, daß er nachschauen wolle, wie hoch der Schnee bis jetzt gefallen sei und wie es weiter vorne am Weg aussehe. Als er hinaustrat, entdeckte er die Mutter am Fenster. Er winkte ihr zu und stapfte den Pfad aufwärts, um die Biegung herum, geradewegs auf das Milchkannen-Podest zu. Er wußte, daß Elena nicht dort sein konnte. Dennoch ging er ganz nah an das Holzgerüst heran und suchte nach ihren Spuren im frischgefallenen und unberührten Schnee, der wie in langgestreckten Mulden angehäuft war, suchte nach Fußabdrücken oder anderen Anzeichen ihrer Gegenwart. Dann ging er in den Weg hinein, der zu Elenas Elternhaus führte, bis zu dem großen schwarzen Baum. Obwohl es noch Tag war, brannte in ihrem Zimmer Licht. Es drang schwach durch den weißen Flockenschleier, der zwischen ihm und dem Fenster lag. David stand still und schaute wie gebannt auf dieses Licht. Eine Minute vielleicht, vielleicht eine Stunde? Bald war er über und über von Schnee bedeckt, der schier endlos über das Land zu kommen schien.

Da legte sich eine Hand auf seine Schulter. David fuhr herum. Der Vater zog ihn wortlos an sich, dann blickte er selbst zu Elenas Fenster, nahm Davids Hand und zog ihn mit sich.

Am Abend bereitete die Mutter wieder das heiße Getränk zu, von dem David und auch die Eltern tranken.

Als David am nächsten Morgen in die Stube trat, bemerkte er, daß die Mutter auf dem Sofa geschlafen hatte und nicht im Schlafzimmer, dessen Tür zur gegenüberliegenden Seite hinausführte. Nach dem Mittagessen fragte ihn der Vater:

„Möchtest du Elena sehen?"

David begriff erst nicht, was der Vater meinte. Er stand auf, ging zu einem anderen Stuhl, setzte sich dort nieder. Er schaute den Vater an, die Mutter, sah dann durchs Fenster nach draußen in den unaufhörlichen Schneefall.

„Ist sie in ihrem Zimmer?"

Der Vater nickte.

„Nein, nein", stammelte David, „nein."

Der Vater schwieg, während die Mutter zunächst regungslos auf ihrem Stuhl saß und sich dann dem Herd zuwendete.

„Doch", flüsterte David.

Der Vater und David zogen ihre Joppen über. Bevor David hinaustreten konnte, umarmte ihn die Mutter mit einer einzigen zärtlichen Gebärde, und als er in ihr Gesicht blickte, waren große Tränentropfen auf ihren Wangen.

David sah Elenas Fenster schon, kaum daß sie das Ende der Biegung erreichten. An dem großen Baum verlangsamte er die Schritte. Das Haus kam immer größer auf ihn zu. Die Vorhänge an Elenas Fenster waren nun zugezogen, an den Seiten schimmerte das Licht nur noch matt hervor. David wollte stehenbleiben. Der Vater griff nach seiner Hand.

„Sie hätte es sich bestimmt gewünscht, daß du kommst", sagte er.

Davids Augen waren beim Vater, dann richtete er sie auf das Fenster, das jetzt über ihnen war. Er hatte das Haus zuvor noch nie betreten, nur im Stall war er mit Elena gewesen. Der Vater sprach mit Elenas Eltern. David stand am Aufgang der Treppe. Er wußte, daß sie zu Elena führte, blickte über die Stufen hinweg zu der geschlossenen Tür oben, umfaßte den ersten Pfosten und wartete.

Elenas Vater ging voraus. David spürte die Hand seines Vaters. Die Treppe war eng und steil. Beim Emporsteigen war ihm, als ob er davonflöge, als ob das Dach des Hauses sich lautlos öffnete und er mit leichtem Flügelschlag aufstiege in den Himmel.

Schwacher Lichtschein fiel in den dunklen Treppenaufgang. David klammerte sich an die Hand des Vaters, als sie in den Raum traten. Er schaute am Vater vorbei und sah Elena. Sie lag auf dem Bett, angezogen mit dem weißen, geblümten Kleid, das sie am Abend des Weihnachtsspiels trug. Sie hatte wieder keine Zöpfe, sondern das Haar lag geöffnet neben ihren Wangen. David sah das kleine Gesicht und die geschlossenen Augen, und niemals zuvor hatte er bemerkt, wie lang ihre Wimpern waren. Ihre Hände lagen über der Brust gefaltet. Um die Finger war eine kleine silberne Kette gewunden. David gewahrte einige Kerzen, deren Flammen zitterten. Das Zimmer und die Kerzen begannen sich vor seinen Augen zu drehen. Er blickte auf das schmale Gesicht, auf die weiße glatte Stirn, auf den Mund mit den blassen Lippen und flehte, daß Elena jetzt die Augen öffnete. Dann riß er sich aus der Hand des Vaters los, hastete die Treppe hinab, durch die Haustür, hinaus auf den Hof und dann den Weg wieder aufwärts, den sie gekommen waren. Er blieb stehen, schaute zu Elenas Fenster und rannte dann weiter, am Milchkannen-Podest vorbei und hinunter zum Elternhaus.

Die Mutter öffnete die Tür, als David noch einige Schritte entfernt war. Er stürzte an ihr vorbei, zog nicht die Schuhe aus, lief die Stiege hoch und setzte sich ans Fenster. Die Mutter kam zu ihm herauf und blieb an der Tür stehen.

„Komm'", sagte sie, „wir gehen runter in die Stube."

David erhob sich und folgte ihr hinab. Nur wenige Augenblicke später kehrte der Vater zurück. David suchte seinen Blick, doch der Vater setzte sich für eine Weile schweigend nieder. Erst dann sprach er mit der Mutter und David, erwähnte jedoch von Davids Heimkehr nichts.

Am nächsten Tag verließ David das Haus in der Frühe, kaum daß die Eltern erwacht waren. Als er dic Tür hinter sich schloß, sah er die Mutter am Fenster.

Der Schneefall hatte die ganze Nacht angedau-

122

ert und schien auch an diesem Tag nicht enden zu wollen. David nahm den Steig durch den Wald, der selbst im Sommer selten begangen wurde und nun völlig vom Schnee zugedeckt war, so daß er seinen Verlauf nur mit Mühe ausmachen konnte. An besonders steilen Stellen sprang er von oben in den Schnee hinein, um mit der sich lösenden Flut einige Meter abwärts zu rutschen.

Schon an einer der ersten Biegungen öffnete sich der Wald und gab den Blick frei hinab ins Tal auf die Kapelle und den Friedhof. Nachdem er die Talsenke erreicht hatte, folgte er den noch sichtbaren Spuren, die von der Straße auf die Kapelle zuführten, durch das geöffnete Tor hindurch, an Gräberfeldern vorbei, deren Holzkreuze tief im Schnee steckten und manchmal bis über die Namensbretter versunken waren. Die Spuren im Schnee nahmen zu und endeten dann an der niedrigen Mauer, die den Friedhof begrenzte.

David sah einen kleinen weißen Hügel und daneben eine schmale weiße Fläche, an deren Rändern sich zu beiden Seiten ein dunkler Spalt auftat. Wie einen Ausweg erhoffend, blickte er umher, doch es gab keinen anderen Ort für ihn. Er trat näher, blickte in das Dunkel zu seinen Füßen und wußte, daß er in Elenas Grab schaute. Dort in der Tiefe würde ihr Sarg stehen, dort würde sie liegen, in lichtloser Schwärze, unter der Erde begraben. David hob den Kopf in die Höhe, zum Himmel hinauf. Der fallende Schnee berührte sein Gesicht und begann sogleich zu schmilzen.

Zurück ging er denselben Weg, erst eine lange Strecke über die Wiesen, dann wieder den unwegsamen Steig bergan. An der ersten Kehre, weit oben, von der man ins Tal sehen konnte, entdeckte er, daß Spuren zu den seinen hinzugekommen waren.

Bis zum Abend und in die Nacht hinein schneite es unablässig und weiter noch Stunde um Stunde am darauffolgenden Tag.

Am Morgen des Tages, an dem Elena zu Grabe getragen wurde, war David in einem unbeobachteten Augenblick aus dem Haus getreten. Die Menschen des Dorfes gingen einzeln oder in Gruppen den Fahrweg hinunter und strebten über die Talstraße dem Friedhof zu. Einige unter ihnen hatten gegen den schier unaufhaltsamen Schneefall ihre Schirme aufgespannt. Die Mutter schloß sich, nachdem sie im Haus vergeblich nach David geschaut hatte, einigen Frauen auf dem Weg ins Tal an.

Ein schwacher Wind trug das Geläut der Friedhofskapelle zum Dorf herauf. Der Vater machte sich auf die Suche nach David. Er eilte zu Elenas Elternhaus, von dort hin zur Bauminsel und schlug dann den Weg ein hinab zum Bach, indem er nach kurzer Strecke über die Wiesen abkürzte und der erkennbaren Veränderung im Schnee folgte, von der er hoffte, daß es Elenas und Davids vom Schnee bedeckte Spuren waren.

David machte den Vater schon von weitem aus

und verharrte auf der Böschung neben der Stelle, wo Elena eingebrochen war. Die Strömung des Wassers kräuselte sich geräuschlos im nun eisfreien Teil des Baches.

„Laß' uns zu Elena gehen", sagte der Vater, nach Atem ringend, „laß' sie nicht allein jetzt."

David schaute zum Vater hin. Dann warf er sich an ihn.

Der Vater nahm ihn bei der Hand und stapfte mit ihm hinüber zur Talstraße. Dort fing David an zu hasten. Mit einer einzigen Bewegung riß er sich los aus des Vaters Hand, um ihm wie fliehend vorauszueilen. Der Vater vermochte im nachgebenden Schnee nicht Schritt zu halten und blieb mehr und mehr zurück.

Als sie sich dem Orte näherten, wo das Tal sich um den zum Dorf ansteigenden Hang buchtete und den Blick ins Nachbartal freigab, verlangsamte David die Schritte und blieb beim Anblick der Kapelle stehen. Keuchend holte ihn der Vater ein und faßte erneut seine Hand. Inzwischen hatte der Schneefall wieder stärker eingesetzt.

Beim Weitergehen verspürte der Vater an Davids Hand einen leichten Widerstand, der nach wenigen Schritten nachließ und dann vollends aufhörte.

David wirkte wie unbeteiligt, als er sich auf die Kapelle, den Friedhof und dann auf die schwarzen Reihen zubewegte, die langsam Konturen annahmen und sich in dunkelgewandete Menschen auflösten, an denen er vorbeiging. Das Gefühl einer Taubheit ergriff ihn, nur in seinem Innern vernahm er Geräusche wie ein fernes, unwirkliches Brausen, über das hinweg er das Lied von der blauen Blume zu hören glaubte. Er sah den weißen Hügel und die dunkle Öffnung vor sich, die beim Näherkommen an Größe und Tiefe zunahm. Er hörte Gemurmel, sah das Gewand des Pfarrers, stand dann am Rand der Öffnung, sah hinab, sah den weißen Sarg, sah durch den Sarg hindurch wie durch Glas, sah Elena in ihrem weißen Kleid mit den Blumen, sah ihr blasses Gesicht, sah ihre Hände, ihren Mund, er wandte sich zum Vater, der neben ihm stand und seine Hand hielt, stammelte:

„Da ist Elena, was tun sie, sie erstickt, nein, sie dürfen das nicht, warum tun sie das, nicht zudekken, nicht die Erde, nein, nicht, nein …"

David riß sich los, rannte zwischen die hinter ihm stehenden Menschen hindurch, nahm ihre Gesichter wie eine ausdruckslose helle Masse wahr, hörte den Vater rufen, hörte viele Rufe, lief gegen den Wald an durch die Wiesen auf der anderen Seite der Straße und blieb erst stehen, als er die ersten Bäume erreichte. Dann eilte er weiter, stieg höher, wühlte sich durch den frischen Schnee den Steig hinauf bis zu einem Platz hin, von dem aus er den Friedhof sehen konnte.

Reglos beobachtete David, wie sich nach einiger Zeit die dunkle Schar der Menschen verkleinerte. Am Ende glaubte er seine Eltern zu erkennen, wie sie mit anderen den Friedhof verließen und verlor sie aus dem Blickfeld, als sie seitlich über die Talstraße fortgingen. Nur vier schwarze Gestalten verblieben noch eine Weile am Grab und bewegten sich nach allen Seiten. David schloß die Augen, denn er wußte, was sie nun taten.

Als auch sie gingen, kehrte David zum Grab zurück. Dort, wo die Öffnung gewesen war, erhob sich ein Berg aus braunem Erdreich und Blumen und Kränzen. David trat nah heran, er blickte nach unten auf den Fuß des Berges und durch ihn hindurch und sah wieder Elena, wie sie dort unten in der Finsternis mit gefalteten Händen lag, das Gesicht zu ihm nach oben gewandt, begraben unter einem Gebirge aus Erde. Er horchte, um ihr Rufen zu hören, ihren Hilfeschrei nach ihm, um sie voller Verzweiflung, zu spät zu kommen, mit den Händen auszugraben aus dem Verlies, in dem sie jetzt wehrlos lag. Dann wendete er sich ab. Nach den ersten Schritten blieb er stehen, kehrte um und horchte erneut nach ihr, den Kopf zur Seite geneigt, um dann fortzugehen, erst zögernd, dann in ungestümer Hast, wieder den schmalen, steilen Anstieg durch den Wald aufwärts. An einigen der Biegungen, wo der Wald nicht den Blick ins Tal versperrte, schaute er hinunter zur Kapelle und zu dem kleiner werdenden Hügel neben der Friedhofsmauer.

Als er den Steig höher hinaufgelangte, schien es ihm, daß noch weitere Spuren zu seinen hinzugekommen waren, die in einer der Biegungen endeten, von denen man ins Tal schauen konnte.

Auch an den nächsten Tagen und in den Nächten hielt der Schneefall unvermindert an. Es wurde noch stiller um die Kapelle und die Gräber und der Schnee sank fortwährend lautlos hernieder, geradeso, als ob es für alle Zeiten so sein sollte.

In den anschließenden Wochen wurde David an fast allen Tagen auf dem Friedhof gesehen. Alte Frauen, die sich oft an Gräbern aufhielten, erzählten davon. Immer nahm er den Steig durch den Wald, nicht ein einziges Mal benutzte er den Fahrweg vom Dorf ins Tal hinab.

Der Vater folgte ihm häufig aus der Ferne und obwohl er sich mühte, bei neuem Schnee in seine Spuren zu treten, wußte David den Vater hinter sich. An einer der oberen Biegungen blieb er stets zurück und wartete auf David. Er beobachtete ihn auf dem Friedhof und am Grab, wo er ihn nur als kleinen Punkt erkennen konnte. Und wenn er David wieder über die Wiesen den Hang ansteigen sah, ging er ihm voraus nach Hause.

Das Grab lag bald wie unter einer schützenden weißen Kuppel verborgen und es schneite immer noch hinzu, viele Tage und Nächte lang, als gelte es etwas Geheimnisvolles für immer zu bewahren.

Der Winter wollte nicht weichen in diesem Jahr. Selbst die Ältesten im Dorf wußten sich nicht zu erinnern, daß es jemals eine so lange Zeit geschneit hatte und der Schnee so hoch gelegen war, daß man die Gräber nicht mehr fand.

Die Mutter schlief noch lange bei offener Tür auf dem Sofa in der Stube, um über Davids unruhigen Schlaf zu wachen und angstvoll seinem traumschweren Schluchzen zu lauschen.

Tagsüber, wenn er am Fenster saß, schreckte er zuweilen auf, stieß den Stuhl zur Seite und lief in den Schnee hinaus, ohne ein Wort zu sagen. Oft kam er erst nach Stunden heim, setzte sich wieder zum Fenster hin und suchte den gegenüberliegenden Wald und die Wiesen in der Senke nach Tieren ab. Manchmal war auch ein Habicht überm Tal.

Nachwort

Trotz aller Beteuerungen des Autors, daß sich die erzählte Geschichte nicht tatsächlich ereignete, sondern einzig und allein seiner Phantasie entsprang, wollen nach wie vor die Stimmen nicht verstummen, die davon ausgehen, daß das tragische Geschehen wohl doch auf einer wahren Begebenheit beruht, die sich vor vielen Jahren im Oberbergischen Land zutrug.

Wahr daran ist, daß der Autor in diesem einsamen, zu damaliger Zeit wie von der Welt vergessenen Landstrich einen Teil seiner Kindheit erlebte, wozu auch ungemein schneereiche, nicht enden wollende Winter wie der in der Novelle geschilderte gehörten. Auch gab es dort schließlich jenes Mädchen und jenen Jungen, die in einem winzigen, unter dichten Bäumen verborgenen Dorf, auf halber Hanghöhe gelegen, etliche Jahre miteinander in enger Verbundenheit zubrachten, was allein schon dem Umstand geschuldet war, daß sich im besagten Dorfe keine weiteren altersgerechten Spielgefährten für sie fanden.

Der Junge, David, ist – vielleicht schon zu erraten – der Autor. Das Mädchen namens Elena, seine Freundin in der Novelle, heißt im wahren Leben Annelie und weilt in diesem Augenblick, in dem er diese Worte niederschreibt, nach wie vor unter den Lebenden; Elenas Schicksal blieb ihr – dem Himmel sei Dank – erspart.

Warum nun eine 2. Auflage der Novelle?
„Schneewinter" war der erste literarische Text,
den der Autor veröffentlichte, ohne große Vorbe-
reitung, ohne nennenswerte Kenntnisse hand-
werklicher Fertigkeiten wie Layout, Buchblock
und dergleichen mehr, die ein Buch optisch gefäl-
lig gestalten und herrichten, damit es genügend
Aufmerksamkeit und Interesse möglicher Lese-
rinnen und Leser weckt.

Der die Erstausgabe vornehmende Kleinstver-
lag beließ es seinerzeit bei einer eher schlichten
Ausführung, sowohl was das äußere Erschei-
nungsbild als auch die Rechtschreibung betraf.
Erstaunlicherweise tat dies dem Erfolg des
schmalen Bandes jedoch keinerlei Abbruch. Es
sind wohl die Sprache, der Inhalt der Novelle, die
über alle äußerlichen Unzulänglichkeiten des Bu-
ches hinwegsehen ließen und die Leserin, den Le-
ser für sich einnahmen und weiterhin einnehmen.
Die Geschichte der beiden Kinder berührt offen-
bar sehr viele Menschen und schlägt sie in ihren
Bann, nach wie vor.

Vielleicht hat sich ein Geschehnis wie das ge-
schilderte irgendwo auf der Welt tatsächlich ein-
mal zugetragen, wer will es ausschließen. Ein für
den Autor schier unerträglicher Gedanke, so wi-
dersprüchlich das nun auch klingen mag, denn
schließlich schrieb er selbst diese Handlung nie-
der.

Am Wortlaut, am Text nahm er indes bei der
Neuauflage nur geringfügige Änderungen vor,

beschränkte sich neben der erwähnten äußerlichen Umgestaltung des Buches im wesentlichen auf die bloße Korrektur von Darstellungs- und Rechtschreibfehlern.

Heute würde der Autor gewiß eine andere Schreibweise wählen, doch der Erfolg der ersten Auflage bestätigt ihm eindrucksvoll die Ausgewogenheit und Angemessenheit der seinerzeit verwendeten Sprache; eine nachträgliche Änderung kam für ihn deshalb unter gar keinen Umständen in Frage.

Im Februar 2018   *Wolfgang Brammen*

Wind, der übers Wasser streicht

Wolfgang Brammen / Roman / 342 Seiten
€ 19,90, ebook € 15,99 / ISBN 978-3-8391-7277-3
Verlag: BoD, Noderstedt

Ein glutheißer Sommer versengt den stillen, verloren wirkenden Landstrich, auf den der dunstige Himmel oft übergangslos herabzusinken scheint. Wochenlang will kein Regen fallen, Trockenheit breitet sich aus, wie es sie seit Jahr und Tag nicht mehr gab. Dumpf brütet die Hitze über dem entlegenen Gehöft der Amfeldes, zu dem es Frederik bei der Suche nach einem Zimmer verschlägt. Auf seinen Streifzügen durch die verwilderte Umgebung des Hofes findet er bald den mächtigen Schilfwald eines düsteren Moores und unweit hiervon einen See, auf den der Wind manchmal seltsame Muster zeichnet.

Rätselhafte Äußerungen eines alten, wunderlichen Landstreichers, der sich dort bisweilen herumtreibt, machen ihn stutzig, schüren am Ende seinen Argwohn, daß er einem Geheimnis auf der Spur sein könnte, das dunkel und unselig auf dem Anwesen der Bauernfamilie lastet. Neugierig forscht Frederik weiter und gerät schließlich in Lebensgefahr, als er auf die Überreste monströser Geschehnisse stößt, die sich vor Jahrzehnten in der Gegend zutrugen und seither dem Verschweigen und Verdrängen überantwortet waren.

Schicksalhafte Ereignisse, an die niemand mehr rührte, bis zu eben jenem Tag, an dem Frederik, der junge Mann aus dem Norden, seinen Wagen

auf den staubigen Platz vor dem Bauernhaus
lenkte …

Draußenkind

Wolfgang Brammen / Erzählung / 146 Seiten
€ 9,90, ebook € 7,99 / ISBN 978-3-8448-3235-8
Verlag: BoD, Norderstedt

Eine Kindheit am Ende des Zweiten Weltkrieges und in den Jahren danach. Ohne Fernsehen, ohne Internet, ohne Spielekonsole, die Welt fand draußen statt, bei fast jedem Wetter – ein „Draußenkind". Noch Auge in Auge mit Soldaten, den deutschen wie den vorrückenden fremden Soldaten. Erzählt wird Simons Geschichte aus der Sicht des Kindes, ganz nahe bei den Gedanken des Kindes, die immer auch die Sprache des Kindes sind. Simon erinnert sich an Dinge, die sich ihm einprägten schon in frühesten Jahren, in einem Alter, in dem die damals Erwachsenen und auch die schon älteren Kinder dies vermutlich kaum für möglich hielten. Sind es am Anfang nur Fragmente, nur Bruchstücke, so gewinnen seine Erinnerungen mit den fortschreitenden Monaten und Jahren seines Lebens mehr und mehr an Fülle und Detail.

Die kindliche Welt kennt kaum Schrecken und Not wie Erwachsene, sie ist barmherzig eingesponnen in ihre engumgrenzte Wahrnehmungsfähigkeit und ihr größtenteils fehlendes Verständnis und Verstehen von Zusammenhängen. Bei Simon ist dies nicht anders. In einer Zeit des Umbruchs und der Nachkriegswirren erlebt er eine abenteuerliche, nicht selten auch gefährliche und doch so wundervolle, einzigartige Kindheit, der nichts und niemand – schon gar nicht das wenige Leid oder Unrecht, das ihm vermeintlich oder tatsächlich widerfuhr – etwas von ihrem unvergleichlichen Zauber für ihn nehmen kann. Zeitlebens wird er mit wehem Herzen an sie zurückdenken.

Es waren stille Tage

Wolfgang Brammen / Erzählungen / 236 Seiten
€ 9,90, ebook € 7,49 / ISBN 978-3-7386-0442-9
Verlag: BoD, Norderstedt

Sechs Erzählungen, wie das Leben sie wohl schreiben könnte, vielleicht auch schon geschrieben hat, genauso oder so ähnlich, irgendwann, irgendwo. Oder sind es vielleicht eigene Erlebnisse, zumindest ein Teil davon, von denen der Autor erzählt? Erträumte er sie sich, sehnte er sie herbei, schlummerten sie womöglich schon seit langem als verborgene Gedanken und Wünsche in seinem Innersten?

Wer sich ans literarische Schreiben heranwagt, gibt viel von sich preis, macht sich verwundbar, selbst wenn er das nicht möchte. Die Grenzen zwischen Erfundenem, zwischen Ausgedachtem und dem eigenen Leben des Schreibenden verschwimmen meist bis zur Unkenntlichkeit. Eine klare Trennung ist nicht möglich, und jeder Autor tut deshalb gut daran, es gar nicht erst zu versuchen. Er begibt sich, ob er es nun will oder nicht, in eine Art stummer Zwiesprache mit seinen Lesern, wie sie intimer kaum sein kann. Bedingungslos vertraut er sich ihnen an, so wie es umgekehrt in nahezu gleicher Weise bei und mit jenen geschieht, die seine Bücher in die Hand nehmen und seine Gedanken und Sätze lesen, die er niederschrieb und für alle Augen sichtbar macht.

Das Grab auf der Hallig

Wolfgang Brammen / Kriminal-Novelle / 128 Seiten
€ 8,90, ebook € 4,99 / ISBN 978-3-7460-2225-3
Verlag: BoD, Norderstedt

Ein Kriminalroman der besonderen Art, mehr Novelle als Roman. Natürlich mit den gebräuchlichen Zutaten und Umständen wie Tod, Nacht, Friedhof und weitere schaurige Sachen. Doch damit nicht genug. Die Nordsee war's, die mit dem Unheil begann, indem sie eine verheerende Sturmflut, eine „Springflut", über die Hallig herfallen ließ, die sich ganz besonders auf der Kirchwarft austobte, den kleinen Friedhof verwüstete und sogar einen Sarg ans Tageslicht holte. Und der war leer, wie Pastor Ole Wittensen, der dem schaurigen Ereignis hilflos zusehen mußte, wieder und wieder beteuerte. Der Tote, den der Pastor erst kürzlich höchstpersönlich dort unter die Erde gebracht hatte, war spurlos verschwunden.

Das war ein Fall für Hauptwachtmeister Jasper Holthaus, der von seiner eher beschaulichen Dienstelle auf dem Festland losgeschickt wurde, um der mysteriösen Sache auf den Grund zu gehen. Und der löste den rätselhaften Fall, doch er lernte dabei fürs Leben und kehrte anders zurück, als er hingefahren war.

Was war geschehen? Hatte die See den Toten, immerhin ein früherer Seemann, zu sich geholt? Oder hatte tatsächlich niemand im Sarg gelegen? Ein wahrer Albtraum für den Hallig-Pastor, dem Dinge widerfuhren, die ihn fast um den Verstand brachten.

Vom großen Geheimnis, das die Vorgänge auf dem Hallig-Friedhof umgab, blieb am Ende ein kleines Geheimnis zurück, über das der junge Polizist beharrlich schwieg, denn es ging hierbei nicht um Schuld und Sühne, nicht um Recht und Gerechtigkeit. Auch nicht um Moral oder andere Seiten menschlichen Verhaltens. Sondern um Dinge, die sich zwischen Himmel und Erde durchaus ereignen können, wenn das Schicksal es so will und nicht danach fragt, ob es allen genehm ist.

„Man kann ein Buch nicht wirklich lesen, ohne allein zu sein. Aber gerade durch diese Einsamkeit bekommt man aufs Intimste mit Menschen zu tun, denen man sonst vielleicht niemals begegnet wäre, entweder, weil sie seit Jahrhunderten tot sind oder Sprachen sprachen, die du nicht verstehst. Und dennoch sind sie zu deinen engsten Freunden geworden, deinen weisesten Ratgebern, den Zauberern, die dich hypnotisieren, den Geliebten, von denen du immer geträumt hast. "*

Antonio Muñoz Molina